且饶岁月

何晋中◎著

GUANGXI NORMAL UNIVERSITY PRESS
广西师范大学出版社
·桂林·

且饶岁月
QIE RAO SUIYUE

项目统筹：汤文辉　　责任编辑：敖登格日乐
出 品 人：乔祥飞　　助理编辑：王亚娜
策　　划：谢　慧　　封面设计：田　洁
责任技编：王增元　　版式设计：叶晓丽

图书在版编目（CIP）数据

且饶岁月 / 何晋中著. --桂林：广西师范大学出版社，2024.5
ISBN 978-7-5598-6913-5

Ⅰ. ①且… Ⅱ. ①何… Ⅲ. ①随笔－作品集－中国－当代 Ⅳ. ①I267.1

中国国家版本馆 CIP 数据核字（2024）第 085899 号

广西师范大学出版社出版发行
（广西桂林市五里店路 9 号　邮政编码：541004
网址：http://www.bbtpress.com）
出版人：黄轩庄
全国新华书店经销
北京汇瑞嘉合文化发展有限公司印刷
（北京市北京经济技术开发区荣华南路 10 号院 5 号楼 1501　邮政编码:100176）
开本：880 mm × 1 230 mm　1/32
印张：7.25　　字数：160 千
2024 年 5 月第 1 版　　2024 年 5 月第 1 次印刷
定价：68.00 元

作者介绍

何晋中，籍贯湖南衡南。广东省特级教师、中学物理正高级教师。曾任教于湖南省衡阳县六中（今衡阳市新民中学）、广东省中山纪念中学。后担任中山市物理教研员，中山市教育教学研究室副主任、主任，江门市教育研究院院长等职务。

主要从事中学物理方面的教学与研究。在省级以上专业期刊正式公开发表20多篇教学论文，其中十多篇关于物理知识与物理思维教学的文章发表在《中学物理教学参考》《教学与管理》《物理教学》《物理教师》等国家级核心期刊。

参与主编《乡土中山》等多部教材及“孙中山文化进校园”系列《名人中山》《口述中山》《人文中山》等多部地方文化丛书；主编出版了高中新课改《中国高考评价体系例析》；参与教育部审定通过的高中物理教材《高中物理选修3-1》《高中物理必修3》粤教版的编写工作。

序　一

近日，湖南师范大学校友总会秘书长马卫平先生转来1978级何晋中校友的书稿《且饶岁月》，并托我为本书作序。我饶有兴趣地翻看了书稿。本书的第三部分《岳麓山下的梦与歌》，记述的是晋中校友1978—1982年在湖南师范大学（当时叫湖南师范学院）求学的经历与生活。彼时我也在湖南师大工作，想来一定会有一些彼此意识不到的“交集”。

我曾在全国各地讲学，借此机会认识了很多校友。作为湖南师大的校长，我自然而然会关注学生毕业之后的发展状况。从1977年恢复高考到现在，湖南师大为社会培养了数十万的学生，加上前来访学、进修等人员，这个数字可能超过了百万。湖南师大的毕业生中，有的成为两院院士，有的获聘“长江学者”，很多人成为所在行业的佼佼者。这应该就是推动人类社会进步的

“湖南师大力量”。但在这股力量中，还有很多像晋中校友这样扎根基层、默默耕耘的教育工作者，他们为中国的教育事业做出了自己的贡献。湖南师大是一所师范院校，我曾提出学校办学要突出“师范本位”，坚守“师范本性”。晋中校友的经历与成绩，也证明了这一决策的正确性。

我在2016年到深圳参加湖南师大校友会成立20周年活动后，顺道前往中山市，晋中校友接待了我，席间还聊起了一些教育教学的问题。次年，我又给中山市的中小学后备干部开了一个讲座，晋中校友当时也在场。见到母校校长后，校友们很喜欢汇报自己毕业之后取得的成绩，当然也会分享自己的生活与想法。晋中校友也不例外。他也提到过一些往事。例如20世纪90年代中期，他带领中山市奥林匹克竞赛教练到湖南师大培训，母校再一次给予他智力支持，帮助中山市的五大奥赛正式起步。后来他到中山市教研室工作，也负责奥赛工作。他经常到湖南师大寻求资源和帮助，请了很多教授到中山市上课、培训教练等。2000年以后，中山市的五大奥赛获省一等奖的绝对人数连续多年在广东省21个地级市中排名第一。这个成绩当然值得骄傲，但作为教育工作者，我有点不以为然：我们的教育重点就是培养那为数不多的“尖子生”吗？当我提出自己的疑问后，晋中校友又汇报了中山市的高考成绩。在广东的21个地级市中，中山市参加高考的总人数排名第20，因为人数少，升学率、平均分自然排在全省前列。但令他最骄傲的是中山市考上重点大学的绝对人数在全省连续多年排名第9。多考上一个学生，就会多一个家庭受益。教育要对每一个孩子负责任，这与我的想法也不谋而合。

当然，这些细节我已经记不清楚了，翻看本书《我的校长》这篇时，才回想起来。不过晋中校友说起他的理想是“做一个有思想的趣味主义者”，我觉得蛮好。不论是教学研究，还是教育管理，都离不开思想。

我在1982年，也就是晋中校友毕业的那一年担任了湖南师范学院的副院长，一直到2000年卸任。其间先后担任湖南师院书记、院长，又担任湖南师范大学的首任校长。在这将近20年的时间里，我提倡自由教育的理念，坚持以人为本，关注人的尊严、自由、个性发展及人的解放，重视师资队伍建设，带领学校跻身“211工程”，并坚持学校独立办学。这也为湖南师大深厚的文化底蕴增加了一些新的内容。从这部书稿中，我更是读出了这样一层意思：学生未来的发展是以大学期间受到的教育为基础的。作为湖南师大的毕业生，晋中校友不仅在求学期间受到母校的良好培养，而且在工作以后依然直接或间接地接受母校的恩泽，作为老校长，我倍感欣慰。

是为序。

湖南师范大学原校长，教授、博士生导师

张楚廷

序　二

老朋友晋中发来了他的著作《且饶岁月》书稿，希望我能为他的书写序。在此，我非常感谢晋中对我的信任，这是我莫大的荣誉。

《且饶岁月》这本书不仅全景式地描述了作者从一个青葱少年成为一名人民教师的历程，而且还从物理、艺术、哲学等不同角度进行了深入的思考，提出了很多发人深省的问题。在此，我不必一一剧透著作中的这些思考，具体内容还是希望读者去阅读和体会比较好。我要指出的是，本书作者不仅知识面非常宽阔，而且能加以融会贯通，见解深刻，独到不凡。特别让我吃惊的地方是，作者本科是物理学专业，却具备深厚的、出色的人文和社科功底，这表明作者在大学毕业后依旧在不停歇地学习和思考。

我本人非常有幸和作者大学同学了4年，并同居一个寝室。他是我无话不谈的好朋友。这一部分内容在本书中有所描述。在我印象中，作者是一个非常聪明的人。比如，他下棋是无师自通，我们年级没有几个人能够赢他；他平时对专业课程学习并不很上心，成绩却非常不错……我对他非常佩服。在书中，作者认为，在求学期间，如果有人正确引导，那么包括作者在内的很多同学，将会取得更大成绩。所以，教育的重点之一是提升人的思想境界。在书中，作者从不同侧面阐述了这一观点。对此，我是完全同意的。这也与我的教育理念不谋而合：我在自己的执教生涯中，就是把树立学生的远大理想作为培养学生的第一要务。

我在书中还发现了一个细节，印象特别深刻。作者在高考前夕，曾“狂言”如果他考不上大学，班上其他人没人能够考上。我也曾经在高考前说过一模一样的话，还给自己带来了很多的嘲笑和羞辱，所幸，老天爷帮忙，没有让我尴尬。但这也带来一个启示：人要成功，还是要有勇气的。由此也可见，作者是有傲骨的。作者在生活中是一个非常平和的人，虽然话不多，但是非常谦逊，有菩萨心肠。

总之，《且饶岁月》是非常值得一读的好书，老年读者可以读到自己似曾相识的岁月，年轻读者则可以从中获取人生成长所需要的养分。在此，我祝贺我的老朋友何晋中先生完成了一部好书；也祝愿他继续笔耕不止，为读者写出更多更好的作品。

国家973计划和重大研发计划项目首席科学家

IEEE Fellow，武汉大学教授、长江学者特聘教授

张良培

2022年9月于珞珈山

序　三

——八八级眼里的七八级

快放暑假的时候，何老师的书稿终于成型了。我和同事张华、方勇相视而笑，都松了一口气。要知道他的这本书是我们期盼已久的。其实他自己并不想写书，是我们几位逼他写的。也许对这个年龄的他而言，我们逼着他写书似乎有些不近人情。我们609办公室三位同事既然是倡导者，就该有点担当，为何老师的这部书稿做些什么。于是，我被要求写一篇序，张华负责写一段推荐语，方勇负责监督。我是八八级，为七八级的师辈写序，压力可真是大呀！何老师安慰说，可以“自由落体”，什么体裁都可以。好吧，那我就念叨念叨！

何老师将他的书稿命名为《且饶岁月》。我们常说“天若有情天亦老，岁月何曾饶过谁”，可他却说“且饶岁月”。我很理解他用这个书名的想法。正如他自己所讲，“且饶岁月”的意思是岁月无过，谈不上饶恕，而是需要感恩。他经历的岁月丰富而有趣，不仅有意义，还有意思。他上大学的时候正值青春期，很多思维习惯和价值观都是在那段时间形成的。大学读的书、听的课、遇的人、做的事、犯的错，都为他的人生增添了丰富的色彩和厚重的底蕴，也成就了今天他的样子。由此可见，“且饶岁月”是他对岁月流逝的感叹，是对岁月的感恩和留恋。

何老师在辽宁空军部队大院里长大，并非土生土长的衡阳人。也正因为如此，他的性格里有着湖南人的质朴和东北人的豪爽，身上散发着祖国南北文化交融的气息。

在我们眼里，他能干且有魄力，他却说他的最大优点是善良。我们教研室的同事经常在工作或生活中引用他的一句话：“帮别人就是帮自己。”这也许就是他所说的“善良”，别人所说的“菩萨心肠”。作为“教研二代”，他有很多善意而深刻的话语，让我这样的“教研三代”感触良深，相信“教研四代”“教研五代”等也同样会受益匪浅。当然，受益最深最直接的是我们这一代教研员。比如每一次开例会，在总结和安排工作时，他都会强调“你为这个单位做了什么”“多做事不下岗”等等。是的，正是这些真诚而充满善意的话语，激励我们积极努力“多做事”“做好事”。在他的主持下，我们教研室工作逐渐显现特色，不断取得成绩，为中山市培养了很多优秀的学科教师。由于我们教研室在全省教研系统工作出色，曾荣获广东省总工会颁发的“广东省五一劳动奖状”。

善良的人总是擅长发现他人的优点，发挥他人的长处。何老师不但能发现我们的优点和长处，还会把它们汇聚在一起，形成一种自觉和主动的力量，不断催生优质的教育成果。在他看来，教育是一件关乎千家万户和子孙后代的事情，又何尝不是一种最大的行善。在本书第一章《走在上大学的路上》中读到的那个有点叛逆、有点傲骨的学生，虽然当时还是一个思想尚不成熟的“自由主义者”，但是他怀有一颗善良的心。

在我们眼里，他聪明有智慧，他却说自己不够勤奋，喜欢想些点子偷懒。在我看来，他的“偷懒”表现在习惯使用这样一个思考问题的公式：基于事实，合乎逻辑地展开。当我们在工作中遇到困难时，都会得到他的帮助。他会从源头上帮我们去梳理问题，说得我们心服口服。他认为那些高深的理论需要从解决问题的案例中去寻找实践支撑，而不是一味地寻找理论依据。我听过他的一个讲座，题目就叫“关键是解决问题”。这个讲座内容虽涵盖了物理教学、教学管理等多个专业领域，但他的讲座通俗易懂，好像在传授生活常识，内容深入浅出，让人颇有感悟。在这个讲座中，有一段很经典的“项目负责制”内容，是我们教研室的真实案例。教研室这样的单位除了教学视导、考试命题、学科研究等本职工作，还要完成上级部门交代的很多其他项目，这也就意味着每个教研员都要额外承担很多本职工作之外的工作。这些额外的工作由谁来承担，如何有效跟进并圆满完成，并不是一件轻而易举的事。为此，2015年他为教研室建立了项目负责制，很多问题自此迎刃而解，工作效率进一步显现。他说得没错，他“偷了个懒”，但是教研室所有同事的积极性被调动了起来。用什么管理理论不重要，重要的是解决问题，而且方法简捷，这才是“王道”。他在本书第二章《不一样的物理世界》中写道：“物理学的真谛，是对事物普遍性的追求，用一个方法做10件事和一件事情做10遍是完全不一样的。”在解决问题的过程中，他习惯基于问题产生的事实本身，合乎逻辑地推演到解决问题的瓶颈，从源头上思考，追求“用一个方法做10件事”。这就是他所谓的“偷懒”。

在我们眼里，他学问做得好，老特级、老正高，他却说他在教研室还有“三个师傅”，言下之意是他的单位里还有人比他强，而且是3个。这句话所表达的意思和产生的效果不言而喻。在他这样不断“贴标签”的刺激下，我们整个教研室形成了一股专业发展的强劲风气。他嘴上常挂着两句话：“我们单位有很多牛人。”“对喜欢的不节制，对不喜欢的不包容。”可同事这么多年，我发现他其实只履行了前一句。作为老领导，他最突出的特点就是喜欢在人前人后表扬我们，不断给我们贴各种优秀的标签，“害”得我们似乎不优秀都不好意思见人。就说全市期末考试命题工作，他并没有要求我们签保证书，做各种承诺，但是因为他常常说我们的教研员命题都很认真，试卷都是“零差错”，为我们树立了对工作慎终如始的使命感，所以每一位教研员都会极其认真负责，唯恐出现差错，偶尔出现一个极小的差错就会懊悔万分，自责不已。他认为，教师的学术尊严靠的是认真负责的工作态度和扎实的专业功底。正是在他的激励下，我们教研室的同事勤奋努力，刻苦钻研，教研工作不断取得令我们自豪的成绩。教研强则教育强。在他负责中山市教研室工作期间，中山市的重本率、本科率、学科平均分等各项指标长期保持全省第一，中山市的中学在省级各项学科大赛中总能取得靠前的成绩。毫无疑问，这些成绩的取得是与他的科学管理能力和扎实的教研功底分不开的。

在我们眼里，他幽默风趣，语言诙谐，他却说自己“说的话都是真的”，不是幽默。有些单位开会气氛沉闷，可我们的会议不同，只要是他讲话，气氛就会很轻松，还能学到东西。他的讲座在其他地方也特别受欢迎，无论讲什么大家都爱听，听着笑、笑着想，想完之后内心还会有所触动。他常和我们说起大学时代读欧・亨利、马克・吐温的短篇小说，说他极佩服这些大师的幽默才华。2009年，我刚调到教研室时，我们几位教研员一起聊到学科价值，他对我说：“历史有什么用啊，事情都发生了还有什么可说的呢？”当时我还听不懂他这句“大实话”的用意，后来我反思自己的教学研究方向，终于明白了他那句话的意思。这些年我坚持做“中学历史批判性思维教学”并取得了一些成绩，这与他的支持和鼓励是分不开的。2016年，他与中山市其他名师去西藏支教送课。在工布江达上完示范课后，当地人用低度的青稞酒敬他，他抿了一小口。他回来后，同事们说西藏海拔高，问他有没有高原反应。他一脸严肃地说：“没有，在当地还喝了酒，不过不到半斤。”看到同事们一脸的惊讶，他强调了一句“是真的不到半斤”，在场的人这才反应过来，都哈哈大笑——又掉坑里了。不止是一笑而过，他的幽默也影响了我们的命题风格。这些年我追求的命题情境的最佳境界是：有意义还要有意思，有意思也要有意义。当然，我还没有到达他那种境界。他的那种境界可以在书中第四章《我在故我思》中读到：“生活本身可以是有趣的，思想层面却又是有意义的。”

虽然共事多年，但是我在看这部书稿之前，并不理解经历“文化大革命”的那一代人对知识的渴望。那些没钱买书又渴望读书的穷大学生竭尽所能汲取文化的滋养，即使当时嚼不烂却已在心里种下了根。无论是文学、哲学、历史还是物理等，对他们而言都是新奇的、充满未知的。从他为了买一本《武陵山下》这样的小书而承诺听话，到能看一眼老师家十分简陋的书架，再到他沉迷于湖南师范学院图书馆，那一代人对书籍的渴望与喜爱跃然纸上。

八八级看七八级，间隔了整整10年；“60后”与“70后”，几乎已经是两代人。从代际身份的传承来看，七八级是八八级的师辈，他们的很多价值观是通过师长、兄长、家姐的话语体系印刻在我们八八级的心里。一首《喀秋莎》曾是七八级的符号，或许还带着青春的浪漫回忆，八八级也许会唱，但只是把它看成苏联的文化符号。从时代的流行色来看，八八级的中学时代不缺海外文学，爱读琼瑶小说、金庸武侠，上大学的时候迷恋朦胧诗，也读卡夫卡；从精神的共融性来看，八八级欣羡七八级经历中的时代转型，却无法想象无书可读的那种渴望。八八级看七八级，就像是30年前的我读那首《一代人》的感觉。作为大学时朦胧诗社的成员，我也很喜欢那一句：“黑夜给了我黑色的眼睛，我却用它寻找光明。”但当时的我读不懂作者所抒发的那一代人的理想与志向——历经“黑夜”后对“光明”的强烈渴望与执着追求。通过阅读本书，希望能完成两代人错落10年的这段时空交集，让精神相通。

莱昂纳德·科恩说：“万物皆有裂痕处，那是光漏进来的地方。”正是那一代人坐在历史的门槛上，把他们从为数不多的书籍中汲取的精神养分和人生最宝贵的时代磨砺，用师道传承给我们。那些浸润着自由、平等的理想的光穿过裂缝，跨过时空，接续了生活在不同年代的无数人的梦想。

川端康成说：“时间以同样的方式流经每个人，而每个人却以不同的方式度过时间。”时间留给我们的是我们获取的东西，而不是时间本身。所幸，在我人生最重要的两个10年中，我深受这位亦师亦友亦兄前辈的影响，把丢失的时间得以渐渐补回。我想这正是启蒙思想家约翰·洛克所谓“有思想、有智慧”的一种东西。

特级教师、正高级教师

楼卫琴

2022年秋于中山

自　序

——做真实的自己

人的一生中，有很多习惯是改不了的。年轻人尚且如此，何况我这样一个上了岁数的人！

费尔巴哈说：人就是他所吃的东西。至少就精神层面而言，这句话是对的。读书的习惯和40年的教师生涯造就了今天的我，也使得我在本书中难免把读书和职业的习惯流露出来。特别是好多习惯在漫长岁月中成为我不可分离的一部分，无论这些习惯好坏，我都不想隐瞒。

20多年前，那时我还在中山纪念中学教高三。我有一个不太好的习惯，就是在家里的床头柜、茶几和书桌上都放一套高考复习资料，包括高考的考试大纲、考试说明、国家考试中心编写的试题分析与评价，或者是与高考相关的论文等。这样做的目的是可以在家里的任何地方都能随手翻看这些资料。翻得多了，再去给别人讲高考复习备考时，我已经分辨不清哪些内容是别人的，哪些内容是自己的。认知这种心理活动很奇怪，头脑中想法的来源是很复杂的，但最终都化成了自己的想法。“第十个烧饼”的故事你一定很熟悉，其实人的思想也是如此，最终的想法都是建立在此前接受、反思各种信息基础之上的。这本书所表达的是我行走世上数十载的经历和想法，习惯使然。

这本书取名为《且饶岁月》，看书名就知道我的思维习惯有点怪，喜欢反其道而行之。作为有经历的人，用“岁月不饶人”的俗语多有无奈。岁月不饶人，那么人能“饶”岁月吗？自然规律虽然是不可改变的，然而人是可以丰富自己人生的。《且饶岁月》的第一层意思是感恩岁月，岁月无过，谈不上饶恕；岁月已过，我们需要感恩。过去的经历使我们的记忆丰富而有趣，让我们的生活变得多姿多彩，不仅有意义，还有意思。第二层意思是丰富岁月，“饶”本有“多”和“富饶”之意。我上大学的时候正值青春期，很多的思维习惯和价值观都是在那段时间形成的。大学读的书、听的课、遇的人、做的事、犯的错，都丰富和充实了我的岁月，成就了我今天的样子。

人生需要盘点。这也是我写这本书的初衷。这几年，也许是年纪大了的缘故，我喜欢和身边的朋友们说一些我经历过，他们却不曾经历，甚至不知道的事。他们很喜欢听，有些甚至变为

“成长格言”。一些好朋友就总是劝我说“你出一本语录吧”，他们希望我把平时说的话“缀句成文”，让更多的人作为“金句”去读。这也许是一种玩笑，但说的人多了，我就真把它当一回事了。

其实，走过了一段路之后，再回头看一看，想一想，就像老师上完课后写教学反思一样，这对人对己也许都是一笔宝贵的财富。回看的重点则是寻找我自己变成今天这个样子的原因，寻找大学毕业前那段人生经历给自己人生底层数据库里输入了哪些信息，打下了怎样的人生基础；并且用历史记忆的碎片拼接那个伟大的时代，回望那个决定民族和个人命运的伟大历史转折。

直到今天我还记得，1978年9月的一个傍晚，一位考进衡阳基础大学的同学受老师委托，到我家告知我可以到学校拿录取通知书。兴奋之余，我和他寒暄不已，谈论着其他同学的高考情况，并得知有同学考入了湖南大学、湖南医学院等。拿回录取通知书之后，父亲摆了七八桌酒席，邀请亲朋好友参加，当时还请了我高一时的班主任张老师。那时还没有“封红包”一说，亲朋好友都给我送了各种各样的礼物，我得到最多的礼物就是笔记本、钢笔等。有一位亲戚送了我一支“英雄牌”钢笔，因为礼物太贵重，至今我都没舍得用。张老师给我带来一本《科技英语词典》，可能是老师觉得我英语成绩太差，辜负了他的期望吧。此后便是从衡阳到长沙上大学。父亲工作太忙，于是委托三舅送我到长沙。三舅和其他家长一样，当天晚上和我挤在学生宿舍上下铺的床上，第二天才回去。这段报到的经历，对我来说过于新鲜和激动，但很多细节记不清楚了，只记得自己从此进入大学，开始了大学求学之路。

我一直觉得，人很难超越他所处的时代。社会中的每个人都会有时代的局限性，自觉不自觉地打上时代的烙印。除非是那些超凡脱俗、高瞻远瞩的伟人。时代的发展是连续的，人的成长也是这样，今天是建立在昨天的基础之上的，任何瞬间都不可能是空中楼阁。我在这本书中，回望自己走过的路，顺利和曲折的时候都是有的。你在看到我人格积极一面的同时，也会看到我人格的弱点：有“怀疑一切”的叛逆精神，但又缺少敢于否定自我的批判眼光；有改造世俗的理想，但缺少不怕冲突、不畏权威、敢于担当的勇气；有强烈的生命冲动，但缺少时代的紧迫感。也正是这种种矛盾和冲突，成就了今天这个真实的“我”。因为人只能在他所经历的人生中形成自我，只能从他过往的历史中汲取养分，形成他的独特的世界观和方法论，形成他的价值体系，以及遇到问题时下意识的反应。正如民间谚语“三岁看大，七岁看老”一样，人有什么样的经历，就会有什么样的人生，就会有什么样的境界。

就拿“崇洋媚外”来说，不同年代人的感受是不一样的。当时我们“60后”这一代人对于一些国家物质生活的充裕是向往的、羡慕的，似乎“外国的月亮都是圆的”。比如在这本书中我讲到当年看到《人民画报》上罗马尼亚中学生戴手表的图片给我的震撼。我的一些“70后”“80后”的学生就已经将“崇洋媚外”发展到了对西方思想的关注。20世纪80年代末大学校园流行一套“走向未来丛书”，白色的封面，都是翻译西方思想家的作品。而当今的“90后”“00后”的小孩，很少再有“崇洋媚外”的心态，因为他们一出生就生活在一个物质较为充裕、思想较为自由、信息传播便捷的网络时代。从褒贬角度而言，“崇洋”或者不“崇洋”虽不能代表什么，却或多或少地影响着我们对“外”的理性认知。当然，我虽不是悲观的环境决定论者，但对环境塑造人的观点深信不疑。

在这本书中，我把地理环境与人文、社会环境融为一体来回望我的成长经历，试图找回我的那段丰“饶”的岁月。这本书分为5个部分。第一部分《走在上大学的路上》，讲的是读大学之前的经历，主要是叙述我在衡阳市十一中（原名道南中学）读书的时光。那时的我深受衡阳传统文化的影响。在“文化大革命”结束前后，我又深受社会大变革思潮的影响，而船山书院的学风成为我后来思想的根基。第二部分《不一样的物理世界》，讲的是我在湖南师范学院物理专业本科学习的经历。这4年的求学经历，圈住了我毕业后40年来对中学物理教育投入的情感。第三部分《岳麓山下的梦与歌》，讲的是在湖南师范学院的校园中我所受到的人文熏陶，无论是在学校图书馆的学习、宿舍的卧谈，还是岳麓书院门前的那副对联，抑或是当时的校训“勤勉严谨、求实创新、献身教育、团结奋进”，这一切都奠定了我从教后的人生底色。第四部分《我在故我思》，则是通过来到广东中山以后的一些段子、一些所谓“个人金句”的讲述，表达我个人的价值观和思维方式。身边的朋友们因为这些，认为我是一个“有思想的趣味主义者”。第五部分《意犹未尽》，是我从事教研工作20年以来，不同阶段写的一些文字，包括一些散文、杂谈。

是为序。

目录

岳麓山下的梦与歌

我在故我思

意犹未尽

走在上大学的路上

即使把我放在火柴盒里，我也是无限空间的主宰者。

——莎士比亚

人总是有来处的。我来自湖南，是湖南衡阳人。尽管那时候我并不知道“雁文化”“寿文化”“船山文化”，但从小就知道演武坪、石鼓书院、回雁峰，还有东洲岛上的船山书院，还常和一些小伙伴去这些地方嬉戏。演武坪给我留下的是湘军当年操练的场景，在骨子里刻上了深深的尚武情节；回雁峰让我朴素地认为衡阳是个好地方，“雁到衡阳不南飞，客到南岳不思归”的诗句让我每每生发对家乡风物的那份自豪；石鼓书院作为湖湘文化的重要发源地之一，素有“道南正脉”之誉，文化的根基很正，而我作为正宗的衡阳人，自然也就有了一种天然的傲骨。

这些承载着历史故事的场景，用强大的文化张力鼓舞着那时候与后来漂泊异乡的我。直到现在我还记得小时候听过的一个段子：“衡阳是中国的第三大城市，第一大城市是首都北京，第二大城市是省会长沙，第三大城市当然就是咱们衡阳。”这个段子在衡阳坊间流传很广，外地人听起来似乎觉得当地人有些无知、自傲、狭隘，由此却可以窥见传统时代衡阳这个地方自然物产的丰饶、人文底蕴的深厚、历史文化的久远。

我来自道南，“道南正脉”之地有故事、有温情、有血性的文化气息让少年时的我就已经渐渐有点叛逆、有点傲骨、有些与众不同。所以，当我在1977年3月开始进入个人求学、自我“觉醒期”的时候，会有落选选手的“不服气”、会有因“挑衅”而失去“三好学生”资格、会有对同学的家庭成分“不感兴趣”、会有高考科科“提前交卷”等等这些被当时的一些人看作奇奇怪怪的表现。无论是文化的熏陶还是思想的觉醒，抑或是青春期的叛逆，走在上大学的路上，“来自道南”已经形塑了今日之我的雏形——一个思想还不丰满的“自由主义者”。

破晓与觉醒

1977年3月至7月，我在衡阳市第十一中学的农村分校读高一下学期。那段时间是我的“觉醒期”。我开始意识到读书、学习的重要性，并且对于社会生活中的一些人和事也开始有了自己的认识。我的“觉醒”和时代的“破晓”是紧密相连的。

1976年10月，“四人帮”被粉碎，中国迎来了历史转折时期。1977年7月，中共十届三中全会召开，邓小平再次复出，担任中央党政军领导职务。当时，小平同志主动要求分管科学和教育事业。其实早在1977年5月12日，尚未正式恢复工作的邓小平就谈了自己对科教工作的一些想法。他说，抓科研就要抓教育。抓教育，关键在中学，中学又以小学教育为基础。中小学现在接不上茬，10年没有好好上课，数理化不行，外文也不懂，多数中学教师水平不高。因此，要抓好重点小学、重点中学。5月24日，他在同王震和邓力群谈话时，再次强调我们要实现现代化，关键是科学技术要能上去。发展科学技术，不抓教育不行。靠空讲不能实现现代化，必须有知识，有人才。恢复工作后的8月份，他同方毅、刘西尧谈教育问题时指出，总的目标是尽快培养一批人才出来。根本大计是要从教育着手，从小学抓起，否则赶超就变成了一句空话。为此，小平同志决定主持召开一个科学和教育工作座谈会。这个座谈会，可以说是科教工作领域拨乱反正、开创新局面的标志，也可以说是中国科教工作的春天的序曲。

对我们个体影响最大的，莫过于这次座谈会上的一个重要决定，那就是恢复高考。8月6日下午的座谈会上，武汉大学的查全性教授强烈呼吁采取坚决措施，从今年开始就改进招生办法，切实保证招收新生的质量。这一番话，立刻引起了与会人员的强烈共鸣，大家纷纷发言，建议中共中央、国务院下大决心，对现行招生制度进行一个大的改革，宁可今年招生晚两个月。在小平同志的推动下，1977年11月28日至12月25日，各省、自治区、直辖市相继举行高考，因“文化大革命”而中断多年的高考制度得以恢复。在这个时间点上，时代的“破晓”和我个人的“觉醒”巧妙地交织在了一起。

我在农村学校读高一的时候，似乎感觉到了时代和社会的某种变化，思想意识也开始有了变化，这可能是一种“思想懂事”吧。所谓“早知三日事，幸福万万年”说的也是这个道理。此时，社会发展的某种规律性慢慢凸显，我们仿佛走上了“人间正道”。那个时候，我们一边上课学习，一边种菜劳动，有意无意地顺应时代的潮流。当时的学校，不太重视教学质量，虽然也有家长通知书之类的，但总体来说要求不高。高一下学期，英语课就学了一篇课文，期末考试我考了97分，有3个单词不记得了，被扣了3分。由此可见教学质量之糟糕。更搞笑的是，在农业基础知识这门课的考试中，试卷上居然出现了课本上的例题。学生问老师原因，老师无奈地说：“怕答案有错。”当然，这可能是比较极端的现象，但至少可以看出当时的教学水平是较低的。

开始意识到学习的重要性后，我渐渐喜欢上了看书。记得当时看过一本杂志，其中有一篇散文叫《古炮台怀古》，给我印象很深刻。文中写了古代的炮台，这些炮台在沿海地区比较常见，于是文中自然也有对大海的景物描写。我清晰地记得，文中有一个成语叫“云蒸霞蔚”，我觉得这个成语太美了。在一次作文中，老师布置了一篇类似的作文，我就借鉴、模仿《古炮台怀古》的结构，写了一篇作文，并且用到了《古炮台怀古》中的“好词好句”。作文发下来后，我发现老师没有给我打分，只是写了一句评语：“是你自己写的吗？”我没有解释。下一次作文，老师要求写考试之后的思考和感想，我又想到了《古炮台怀古》中的片段，于是再次模仿，写成了一篇作文。这次老师给我很高的分数，并且在全班传阅。这种表扬和激励，可以说更加增强了我的“觉醒意识”。

不过此事还有一些后续的“情节”。记忆中，我从小学到大学的读书生涯，从没有评上“三好学生”。当时评选“三好学生”，其中一个程序是全班同学投票。经过“传阅作文事件”后，同学们对我的好感与日俱增，最后我成为我们班“三好学生”的推荐人选。不过遗憾的是，在散学典礼上，学校公布的名单中没有我的名字。失落之余，我去找班主任，他告诉我是因为我政治课考试不及格。我觉得太不可思议了，于是找到试卷，发现得分是56分。仔细一看，我试卷的实际得分远远超过了60分，但政治课老师就是给我不及格的分数。这让我百思不得其解。后来我恍然大悟。当时的政治课老师是学校的教导主任，政治课有一节安排在周三的第四节课，也就是上午的最后一节课。中午下课后吃饭人多，每次都要排很长时间的队，偏偏政治课老师喜欢拖堂。有一次他又拖堂，同学们很不耐烦，老师就说：“谁想出去吃饭，现在可以出去吃饭了。”我根本就没有领会到老师话语中的真正含义，于是拿着饭碗就去打饭了。打饭回来之后，我站在门口边吃饭边听老师上课。可能我的这一举动被老师误认为是“挑衅”，所以接下来的周三第四节课，政治课老师直接说：“谁都不准去吃饭！”现在想想，那个离我最近的“三好学生”的荣誉称号，原来是被我的一餐饭给弄丢的。

1977年9月，我从农村回到城区学校上课。恢复高考之后，在特殊的形势下，那一年，国家允许少量的1978年高二毕业的学生参加高考。我主动跑到老师办公室，跟老师说想要参加1977年的高考。可能在老师眼里，我还不够优秀，最后没有同意我参加那一年的高考。那一学期结束的时候，由于学生不断流失，高二10个班被整合成8个，其中分出了一个文科重点班和一个理科重点班。我所在的20班也被拆分了，很多同学都去了重点班，而我觉得自己原本可以去读重点班，结果被分到了基础班21班。对于第一年的高考，学校也不是很重视。好在新班级的班主任王利生老师对我们很负责任，指导我们复习备考，经常在自习课时过来检查督促我们学习。1978年高考，我从基础班考上了大学。

“觉醒”之后的我，似乎对学习充满了兴趣和热情，尤其是对物理学科，这与新班主任王利生老师有一定的关系。在分班之前，王老师就教我们物理，分班之后，他除继续教物理，还担任了我们的班主任。衡阳市每学年都会组织学科竞赛，自认为物理学得很好的我，报名参加学校的选拔赛，考了96分，而我们班何雁姗同学考了98分。我们当时是前后桌，经常讨论物理问题，有时候也聊天，平时相处得很好。她可能比较了解我在物理方面的实力，想让我代表学校去参加比赛，于是我们一起去找老师，请求用我替换她。老师当然不同意，我内心还挺不服气的。戏剧性的一幕是，在后来的数学竞赛选拔中，原本认为数学实力不如物理实力的我，居然在全校选拔赛中进入了前五名，顺理成章地代表学校参加了全市数学竞赛。能够代表学校去参加全市比赛，我当然非常激动、非常兴奋。

现在，我还记得当时的同桌，他叫彭兴平。按照当时的家庭成分划分，他好像是地主家庭出身，在学校里受到一些同学的歧视。他的成绩比我好，年龄比我大一点，在同学中也显得比较成熟，对我影响自然也比较大。课余时间，我经常跟他交流。他读过很多书，会拉小提琴。不过参加高考时，我考得比他好。后来他考上了湖南医学院，一直读到了博士。而我考上了湖南师范学院，至今也只是本科学历。底子真的很重要。记得当时有一位女同学语重心长地劝告我，千万别和他走得太近，以免影响自己的前途。我对家庭成分之类的东西根本不感兴趣，只要同学人品好就行，出生在什么家庭哪能是个人决定的呢？现在看来，这也许是“思想觉醒”的另一种表现吧。

在这个历史转折的时间段里读高中、考大学，于我而言既有不幸的成分，也有幸运的成分。不幸的是，过去的一些陈旧的因素阻碍着我的进步；幸运的是，时代的“破晓”又促进了我的“觉醒”。喜欢学习，喜欢读书，知道了知识的重要性，这些喜好也影响了我之后的人生。

我的高考

1977年恢复高考后的第二次高考，于1978年7月20日举行，距离1977年第一次高考只有半年多时间。应该说，1978年高考是真正意义上的全国高等学校统一招生考试，全国实施统一命题、分省录取。分省录取的制度一直延续至今。1977年参加高考的人数是570万人，最后录取了27.8万人，录取率为4.9%。1978年一共录取了40万人，录取率为6.6%，而我就是这40万人中的一个。至今我仍然会想起44年前的7月20日，那一天的我是怎样“赶考”的。

那天早上吃的什么，我已经记不清了，但吃的饭肯定很好。父亲肚子里还算有些墨水，对我参加高考也比较重视，临行前他把手表摘下来给了我，让我考试时注意时间。考场设在衡阳市第二中学，城市不大，大部分学生都是走路去，骑单车的人少之又少。考试之前要先去学校集合，然后由老师带队前往考场。8个班集体排队，那场面还挺壮观。我个子比较小，排在队伍的最前面。等待出发时，我看到前面有一块黑板报，上面写有关于国家粮食产量和钢产量的新闻。我当时就开玩笑地跟同学说，这个内容要赶快记下来，待会儿考试就会考到。神奇的事情发生了，后来考时事政治，还真考了这个内容。我恍惚记得是一道填空题或者是问答题，4分，问的就是粮食和钢的产量。

到第二中学后，我进入考场。每个考场56人，考场是长桌长凳，两个同学同桌。我发现旁边是我的同班同学。两个人的距离并不远，我把头稍微偏一下就能看到他的考卷。不过我始终觉得这是一次神圣的考试，于是正襟危坐，一直目视考卷，不敢稍微偏一下。出于对高考的敬畏心理，我表现得谨小慎微，其中也有一些心理因素，想着自己考还能得点分，要是抄了之后，那就一分都没有了。在我以后的生活中，我一直延续着这种谨慎保守的性格。记得有一次我做了一个投资理财类型分析，结果就是“稳健型”。

第一场考政治。政治试题跟平时背诵的内容差不多，例如解释“生产力”“阶级”“矛盾的普遍性”，问答题问了人类社会发展的社会形态、新民主主义革命的总路线之类。因为我对这些题目非常熟悉，所以很快做完，提前了30分钟交卷。对于高考，我心理上很重视，但又有很多不懂的东西，似乎也没有意识到这场考试会决定自己的命运，还是想着早点交卷，自然也没有反复检查。在三天的考试中，除了数学考试，其他五科我都提前交卷了。不过后来想想，或许正是这种心态，让我能够正常发挥。这也是我们经常说的“把高考当平时考试”吧。政治我考了72分，虽然考试之后的感觉不错，但分数比较低，心理还是有落差的。也许是自己感觉该背的都背了，该写的都写了，实际上还是有很多内容没有背熟。当然，老师平时让我们背诵的标准答案，也未必就那么“标准”。

下午考化学。我平时认真学的是有机化学，无机化学学得较差。1978年5月，我们学校搞了一个摸底考试，我考了37分。6月初又考了一次，或许是全班同学成绩都不理想的缘故，化学老师没有把试卷发给我们，我只知道第一名考了61分。不过也许是那年的化学考卷比较容易，也许是6月份整个月的努力没有白费，化学我考了82分，依然是提前半个小时交卷。当时我感觉挺好的，不过后来听说浙江那边很多考生都得了满分。

第二天上午考数学。我不认为我的数学很强，平时做的题也不多。试卷上有3道大题，我不停地跳来跳去，因为每道题都会一点，但又不全会。其中一道对数题，12分；一道三角函数题，20分；压轴题考的是函数，20分。最终每道题我都只做了一部分。铃声响了之后，试卷没有做完。数学我考了53分，感觉还是比较低的。不过后来我看了一则新闻，报道的是一个王姓考生，数学只考了17.5分，但也考上了大学。考虑到当时数学试题的难度以及学生的文化水平程度，53分大概也不算太低。

下午考物理。物理一直是我的强项，整场考试都比较顺利，最后考了78分，感觉不是太好，至少与我的实力不符。考试的时候，有一件事情令我印象深刻。试卷上有一道有关单摆的题，老师从来没有讲过这个知识点，我自学的时候接触了一点，但没有彻底学会。这是一道填空题，要填的是单摆运动到最低点的时候，加速度变大还是变小，速度变大还是变小。我一时间想不起来具体是什么，于是出于侥幸心理，两个空我都写了“变大”。这种心态与现在的考生也是不谋而合。

第三天上午考语文。语文是我最没底的一科，平时不知道怎么学，老师也不知道怎么教。语文课永远是抄中心思想，要不就是老师带着我们读课文，读一句，讲一句。湖南省1977年的高考作文题是《心中有话对党说》。高考前老师让我们练习着写，我写不出来，因为我不知道要说什么话。这其实反映出自己不明白出题者的言外之意，不懂得语文的人文性。或许对我们这批学生来说，写作文太难了，1978年的作文题考的是缩写，将《速度问题是一个政治问题》的文章进行缩写。记得考试前一段时间，父亲请了一个六七十岁的远房亲戚给我辅导语文。辅导的具体内容我不记得了，只记得他告诉我要多看报纸，加大阅读量，多读一些时事文章。考试的时候，我才明白老先生让我多看报纸的作用。文章的第一段是华国锋的话，第二段是余秋里的一段话，当时我就根据“保留重要人物的话，删去或缩写次要人物的话”的原则，读一段就删去一些内容，其实很多内容也没读懂。作文要求缩写至600字，试卷上给了600个格子。写完之后我发现还剩了二三十个格子，于是就在文后加了一段自己的话。后来想想，这是不对的，既然是缩写，就不应该加入自己的想法。作文后面是古文，讲的是曾子杀猪的故事，大致意思我看明白了。不过有意思的是，考试之后有同学就问文言文那道“丈夫打仗”的题目怎么做，这也反映出当时学生的古文水平普遍不高。语文最后考了56分，我觉得还是偏低。

最后一科是英语。规定30分钟之后才能交卷，因为英语成绩不计入总分。也许是与切身利益无关，再加上不少题目都不会，我只把前面的选择题做了，最后考了15分。但如果要报考英语专科学校，英语成绩就要计入总分。听说我们学校有一个同学考上了这类学校，分数是28分。这位同学对英语感兴趣，在学校组织的单词比赛中，她的成绩最好。不过28分的成绩，也不是很高。这也可以看出当时学生的英语水平普遍较低。

三天的考试就这样结束了。高考快放榜的时候，我还是有点紧张的。记得放榜那天，我到教育局去查成绩，几张红纸上写着考上大学的学生名单。我在红榜上看到了自己的名字，并接到了参加体检和填报志愿的通知。同时发现，与我的考号前后相邻的学生都没有考上。快到家时，看见父亲正在开会，我从旁走过，父亲问我："考上了？"我说："你怎么知道？"父亲说："看你的样子就知道。"估计是我抑制不住考上大学的喜悦吧。

填报志愿的时候，我更是懵懵懂懂，不知道大学都有哪些专业。我不知道却还自以为是，也不去问老师或者其他人。我填报志愿的原则很简单：宁愿学农，不愿学医；宁愿为师，不愿学农。因为我觉得当老师还是挺幸福的一件事。我填报的第一志愿是湖南大学，第二志愿是湖南师范学院，后面填的全是师范院校；专业呢，就是物理系、化学系、数学系来回换。虽然当时有很多东西不懂，但是知道自己未来想做一名老师。

柳青在《创业史》中有一段话："人生的道路虽然漫长，但要紧处常常只有几步，特别是当人年轻的时候。没有一个人的生活道路是笔直而没有岔道的，有些岔道口譬如政治上的岔道口，个人生活上的岔道口，你走错一步，可以影响人生的一个时期，也可以影响人生。"这句话被很多人引用，尤其是被很多教师引用来教育学生。高考对于很多人来说，可能就是人生的要紧处。我的高考就是这样。现在回过头来想想，有懵懂，也有幸运。但不论是面对高考时的敬畏，还是提前交卷的草率，都已成为我人生经历的一部分。

记忆中的书架

1977年9月，教育部在北京召开全国高等学校招生工作会议，决定恢复已经停止了十余年的全国高等院校招生考试。这绝对是影响一代人甚至影响中国的大事件。1978年我参加高考，同年进入湖南师范学院读书，是所谓的“新三级”学生。所谓“新三级”就是1977年、1978年、1979年考入大学的学生。“新三级”中学生们经历各不相同，年龄差距也比较大，应该说是老中青结合的群体。我在班里，年龄是偏小的，整个大学期间接受的多是“兄长教育”，是在同学的关怀和指导下成长的。

那个时候，经历过“文化大革命”的那一代家长，对知识充满了渴望，这种渴望自然而然地迁移到下一代人身上。高考前，父亲帮我为钢笔装满了墨水。听说还有家长为了给孩子补充营养，特意做了甜酒煮鸡蛋，结果导致考生血压升高，以至于影响了体检。

我在大学最喜欢的事情，自然是泡图书馆，这源于记忆中高中时期的一个书架。

我所在的高中，一个年级有10个班。高考前重新分班，分出了一个文科重点班和一个理科重点班，其他都是普通班。我被编在普通班。有一次，我们几个同学一起到班主任家里。闲聊时，我问了老师一个问题："多少分才能考上大学？"老师的回答是每科60分。当时我的成绩在普通班名列前茅，于是口出狂言："如果我考不上大学，学校其他人都考不上。"那年高考，学校只有28人上榜，有资格参加体检，录取率可想而知。幸运的是，我是其中一个。而那次在老师家里，给我留下深刻印象的是一个书架。老师家的书架十分简陋，就是一个木架子，中间有三四个隔断，一共有5排，其中最上排满满地摆了一整排书。这一排书，给我的视觉冲击和心理冲击是相当大的，我以前从未见过那么多的书。

其实，我自己也有一个"书架"，也就是两块铁板，两边各放一个，中间放书——也没几本书。记得当时我在新华书店看到了一套《武陵山下》，上下两本，定价是2元，于是就向父亲申请购买。父亲很爽快地答应了，条件是"要听话"。而现在，老师家里的这个书架让我"叹为观止"。那个书架就像一粒种子，在我心中扎下了根。

现在想来，那种对书的渴望，也正是对知识的渴望。想读书却无书可读的痛苦，我们那个年代的很多人都经历过。进入大学，走进湖南师范学院的图书馆，我再一次被震撼了。这里的书比老师家书架上的书不知道多了多少倍，用“浩如烟海”来形容一点也不过分。大学期间我最喜欢做的事情，就是“泡”在这片海洋里。学校周一到周六上课，周日休息。除了上课，我几乎所有的时间都在图书馆度过。当然，周日也很开心，可以到新华书店去买书。对买回来的书，我还模仿前人，在书的扉页或末页，印上“何晋中藏书”的字样。

我在大学读的是物理专业，在读其他书方面，由于缺少专业指导，再加上什么书都想读，很多时候都是在盲目阅读。除了专业书，我最喜欢读的就是小说。我犹记得阅读《钢铁是怎样炼成的》时那种热血沸腾的感觉，读着“人最宝贵的是生命,生命对人来说只有一次”这样的句子，竟如痴如醉；读浩然的小说《金光大道》，被高大泉这样的人物而感染。《人民文学》1977年第11期发表了刘心武的短篇小说《班主任》，我读完之后，虽然不知道“伤痕文学”的历史意义，但也产生了心灵的共鸣。记得文中出现了伏尼契的《牛虻》，而且宋宝琦还不知道“虻”字的读音。我趁热打铁，把《牛虻》也读完了。此外，我喜欢读的书，还有各种各样的名人传记。我从这些名人的成长经历中汲取了丰富的养分。就这样，我在图书馆里度过了4年幸福的读书时光。我相信，我的经历也是那个时代大多数同学的经历，对知识的渴望也是那一代人共同的感受。

我们有句俗话:“三岁看大,七岁看老。”话虽然有些绝对,但是揭示了某种教育规律。人是有可塑性的,而少年时期的某种兴趣、习惯是可以影响人的一生的。高中时期,在老师家里看到的那个书架,这么多年我一直没有忘记。那颗种子,伴随着我的人生经历和40多年的教育生涯,慢慢发芽,不断长大。

赶时髦

所谓“赶时髦”，实际上就是追求时尚。可以说，追求时尚是人的一种普遍心理。对时尚的追求，亦是对美的追求，这恰恰是人类社会不断进步的阶梯。不少成语都包含着赶时髦的因素，例如“邯郸学步”“东施效颦”等。就拿“东施效颦”来说吧，这个成语现在虽然有贬斥和讽刺的意味，但仔细想想，东施之所以模仿西施扶住胸口、皱着眉头的动作，恰恰是因为西施的动作就是一种时髦。只不过这种“时髦”带有极强的个人化色彩，而东施追求时尚的方向发生了偏差。

时代不同，赶时髦的内容和方式自然也不同。有人用“人骑马上马不zhi”来形容清代美人和唐代美人，只不过清代美人的“zhi”是“知”，就是说美人太瘦，骑在马上，马都感觉不到；而唐代美人的“zhi”是“支撑”的“支”，就是说美人太胖，骑在马上，马都支撑不住了。

1978年，最流行的服装是海魂衫。海魂衫实际上是我国海军的军服，其寓意为广阔的大海与蓝天，海军士兵穿上海魂衫更显得精神抖擞。我们穿的自然不是正规的海魂衫军服，而是仿制品。这其实也反映出我们那个时代的人对军人的崇拜之情。上身流行的是穿海魂衫，下身流行的是穿喇叭裤。喇叭裤，顾名思义就是像大喇叭那样的裤子。裤腿上窄下宽，从膝盖以下逐渐张开，裤口的尺寸大于膝盖的尺寸，形成喇叭状。现在大街上还时不时看见有人穿这样的裤子。除了海魂衫和喇叭裤，我们喜欢的皮带是工字皮带。现在有一些奢侈品牌的皮带就是工字皮带。头上戴的是军帽，戴上军帽似乎就有了军人的威严与风度。在穿戴方面追求时尚，这恰恰体现了年轻人拥抱时代的热情，不值得大惊小怪。如果不由分说就给人家扣上“不良青年”的帽子，这就是思想僵化的表现了。

这些都是物质方面的“赶时髦”。那个时候，我们隔壁宿舍的一个同学有一台收录机，不过他不是用来播放音乐，而是记录老师在考试前的辅导内容。记下来之后再用收录机播放，反复学习，反复理解，学习成绩也得到了提升。我觉得，这就是一种新的“赶时髦”了。

更为“赶时髦”的，其实是精神、观念方面的。1979年，《读书》杂志创刊。当年我在新华书店购得该杂志，定价只有几毛钱。这本杂志创刊号上的一篇文章，标题为《读书无禁区》，这在当时算是石破天惊之语，甚至引起了轩然大波。后来，这个标题成为《读书》杂志的办刊主张。应该说，这本杂志成为我们那个时代学生的集体的文化记忆。可想而知，这本杂志当时在大学生中有多“时髦”。

另一个“时髦”话题是科学。我是物理系的学生，对“科学”二字的理解自然比较深入。但在当时，社会对“科学”的认知还是相对浅薄的。1977年，邓小平复出后，提出了“尊重知识，尊重人才”的思想，并主持召开了全国科教工作座谈会。1978年3月又组织召开了全国科学大会。在大会闭幕式上，郭沫若做了题为《科学的春天》的书面讲话，指出：“我们民族历史上最灿烂的科学的春天到来了。”谈论科学，自然也成为那个时候“赶时髦”的事情。1978年1月，《人民文学》第1期发表了作家徐迟先生的报告文学《哥德巴赫猜想》，这部作品的主人公是著名数学家陈景润。阅读这部以科学家为主人公的著作，自然也是那时大学生的时尚。

一个时代有一个时代的风尚，一代人有一代人的“赶时髦”的话题与行为。中国有中国的时尚，外国有外国的时尚。而“时髦”内容变化的背后，实际上是社会思潮在变，人们的思想观念在变。

逻辑是个好东西

也许我就是别人经常说的有“理科思维”的人吧。从小我就喜欢逻辑，也读了很多和逻辑有关的书，而且特别喜欢做教材上跟逻辑相关的题目。久而久之，“讲逻辑”成为我思考问题、课堂教学、为人处事奉行的理念。

十多年前，中国社科院有一位专家来广东讲学，我陪了他整整3天。有一天下午是在中山活动，时间是3点到6点，行程安排得非常紧凑。那天我体会到了什么是“学者思维”。

学者讲究的是惜时如金，是直面问题且高效地处理问题。那天短短几个小时，我们先是到孙中山故居，走马观花看了一遍之后，学者直奔展厅，他别的都不看，只看对孙中山先生的介绍，目的是“看看当下时代和社会对孙中山先生的评价”。

第二站是中山纪念中学，学校就在孙中山故居后面，应该算是全国最美丽的中学之一。我曾在纪念中学教过书，于是就带着学者到后山的公园看了“汪兆铭碑”。按道理讲，这座石碑在“文化大革命”期间是要被铲掉的，但不知什么原因被保留下来。或许是人们没有将汪兆铭和汪精卫联系起来，或许是此地在当时偏离了主流文化中心。学者看了，觉得很有意思。

第三站是到郑观应故居。郑观应故居在三乡镇，离孙中山故居不是很远，当时由孙中山故居管理部门代管。郑观应是中国近代史上的“中山名人”，不过学者认为目前对郑观应的研究还不够。

第四站是到罗三妹山。当年邓小平同志到中山，曾经登上罗三妹山，到山顶之后，说了“不走回头路”的名言。邓小平同志入住的是坐落于罗三妹山南麓的中山温泉宾馆。该宾馆是由港澳知名人士霍英东先生、何鸿燊先生等人于1979年投资兴建的，是中国改革开放以来首家内地与港澳合作兴办的旅游服务设施。从某种意义上讲，该宾馆也是中山改革开放的标志之一。我和学者边听音响播放的小平同志讲话，边登上了罗三妹山，学者对“不走回头路”赞叹不已。

那个半天，我们边看中山人文景点，边聊起共同的熟人。在聊天的过程中，我有一种找到知音的感觉。

我家里有一对6岁的孙子、孙女，我发现小孩子有时候也是讲逻辑的。记得有一次，孙子、孙女听完《西游记》的音频后，又去看《西游记》动画片。音频版和动画版的故事在直观上自然是不一样的。于是妹妹就问："唐僧取经要走十万八千里，孙悟空一个跟头也要走十万八千里，那取经的时候孙悟空直接拽着唐僧，一个跟头不就到西天了吗？为什么还要一步一步走？"哥哥回答说："如果按照这样的道理，《西游记》最多演三集就完了，一集是猴王出世，一集是孙悟空去学本领，一集是西天取经。这样演的话，不就太没意思了！"小孩子自然不懂佛家理念，但他居然能够站在创作论的角度去思考问题，可见小孩子是具备逻辑思维能力的。

无独有偶，中山市永安中学贾清源主任的女儿丫丫3岁时，有一天随父母路过麦当劳门口，突然说："我觉得人是不需要长命百岁的。"父母感到很奇怪，听完了一通道理之后恍然大悟：小孩想吃麦当劳了！原来大人经常教育小孩说，麦当劳是垃圾食品，吃多了对身体有害。于是小孩直接釜底抽薪，用一堆道理论证了吃麦当劳的合理性。

上中学时，我曾经买到一本名为《逻辑》的小册子。对这本薄薄的小册子，我爱不释手，从中不仅学到了很多逻辑的知识与原理，同时还将逻辑的思维方式渗到骨子里。不过掌握逻辑知识是一回事，更重要的是要在生活中多思考、多实践。

我在报纸上看到一则新闻，说有一个人冒充领导的外甥，帮助其他人解决问题，借此收取好处费。正在春风得意之时，有人托他办事，结果没办成，后来就穿帮了，此人因"冒充领导亲戚”的违法行为被逮捕了。我就在想，冒充领导的亲戚固然不对，但领导真正的亲戚就可以去干违法乱纪的事情吗？这些新闻之所以成为“奇闻”，恰恰是因为不讲逻辑。

读了大学之后，我又逐渐认识到，真正的逻辑习惯是在数学、物理作业训练中形成的。面对一道题，讲求逻辑就能解答，不讲逻辑就不能，这或许也是在某种奖惩机制下养成的逻辑习惯。

但是在现实生活中，为什么有的成年人会做不符合逻辑的事情呢？可能是某种权力的力量盖过了逻辑力量。但我觉得，在若干年之后，我们一定会看到不讲逻辑的后果。我个人喜欢理科，也是因为理科更需要逻辑。

虽然现在中小学很少专门开设逻辑课，但高中语文选修内容中有形式逻辑的相关内容，我觉得这是难能可贵的。2019年，来自全球数学、哲学、计算机科学、工程学、经济学和认知科学等领域的众多机构和学者联合发出倡议，将2019年1月14日定为第一个“世界逻辑日”。联合国教科文组织于2019年11月在巴黎举行第40次大会，正式将每年的1月14日定为“世界逻辑日”。逻辑，让世界更加理性。“世界逻辑日”的设立，或许是一个新的标志。

最后，跟读者分享一道逻辑题。这是20世纪80年代《中国青年》杂志刊登的一道题：“分别给甲、乙各自看一个正整数，告诉他们两个数字相乘等于8或者16，然后让他们猜测对方的数字是几。甲说：‘我不知道他的数字。’乙说：‘我也不知道。’甲又说：‘我还是不知道。’乙说：‘那我也不知道。’这时甲说：‘我知道了。’然后乙也说：‘我知道了。’他们都猜对了对方的数字。请问他们各自是什么数字？”这个题在今天已经稀松平常，而在那个年代还算稀奇，吸引了很多人思考。

关于本题，两个正整数相乘等于8或16，这两个正整数只可能是1、2、4、8、16中的两个。甲的第一句“不知道”，只表明甲手里不是16，如果甲拿的是16，可以推断乙手里只可能是1。乙的第二句“不知道”，是建立在甲、乙手里都不是16的基础上的，如果乙手里是1，依据乘法知识甲手里只可能是8，但是乙说不知道，则说明自己手里不是1。甲的第三句“不知道”，说明甲手上也不是1，这时候甲知道了乙手里不是1，假如甲手里面是8，则乙手里只可能是2，但甲说不知道，证明甲手里不是8，此时，甲手上只可能是2或4。乙在知道甲手里只可能是2或4的基础上，还说“不知道”，可以排除乙手里是8，也排除乙手里是2，乙手里只能是4。因此，甲第五句说“知道了”，然后乙第六句也说“我知道了”（这句话不记得当时杂志是否有），这句话是错的，其实乙无法判断甲手里是2还是4。因为第五句和第四句是重复的多余信息，不能提供新的事实材料给乙做出判断推理。从题中我们可以看到“有一分证据，说一分话”的重要性。

艺术是一种极致的表达方式

我家养了一只小狗，接触时间长了，虽不能完全听懂狗的叫声，但是它摇尾巴想表达什么，我们却可以大致明白。

有一个关于表达的经典故事，是美国科普作家阿西莫夫自己的故事。有一次，他的修理工朋友问他："有一位既聋又哑的人，来到五金商店，想买几根钉子。他对售货员做了这样一个手势：左手两个指头立在柜台上，右手握拳做出敲击的样子。售货员见状，先给他拿来一把锤子。聋哑人摇摇头，指了指立着的那两根指头。于是售货员就明白了，聋哑人想买的是钉子。聋哑人买好钉子，刚走出商店，接着进来一位盲人。这位盲人想买一把剪刀。请问：盲人将会怎样做？"阿西莫夫立刻答道："盲人肯定会这样。"说着，伸出食指和中指，做出剪刀的形状。修理工笑了，"盲人想买剪刀，只需要开口说就行了，他干吗要做手势呀？"

人和动物在生活中都需要表达，可口头表达，也可用肢体语言表达。然而人比动物多了一个文字表达，也就等于多了一种表达方式。人类可以用不同的方式来表达同一种情感。艺术是人类常用的一种表达方式，是人类的一种生活样态。音乐、舞蹈、绘画、文学（散文、诗词、小说等）等都可以很好地表达人的情感，表达人的心境，表达事物的意境。特别是音乐和绘画，丰富了人类的表达方式，可以更加优雅地诠释一个人的情感体验，例如喜怒哀乐。

我小时候，也就是八九岁的样子，那时上学的压力不大，男孩子都很调皮，经常爬树掏鸟蛋，上房揭瓦片，拿着弹弓到处打鸟。有一次和几个小朋友，看到院子里的大树上有一个很大的马蜂窝，几个人拿石头、弹弓去打，打中蜂窝后，一群马蜂追着我们叮，几个人被蜇得鼻青脸肿，尽管疼痛难忍，但依然很开心地看着、指着别人肿胀的脸大笑，来表达被马蜂蜇的新奇体验。

上大学后，校园广播站经常会播放《野蜂飞舞》，这首管弦乐曲是俄罗斯作曲家尼古拉·里姆斯基-科萨科夫根据俄罗斯文学大师普希金的诗作《萨旦王的故事》演绎的。乐曲描述了王子变成大黄蜂攻击反派角色的情形。因为我小时候有被马蜂蜇的经历，所以听这首曲子时感觉很亲切。乐曲很具象化，容易理解。尽管后来我再未被马蜂蜇，但每当听到《野蜂飞舞》的乐曲，同样的感受就会涌上心头。

我一直怀疑自己是否接受过真正的艺术教育。看了一下书上对教育的定义，我觉得我应该算是接受过艺术教育的人。我在读小学、初中时上过音乐课，尽管都只是唱歌；也上过美术课，尽管最高层次是买过12色的水彩笔，画过水彩画。遗憾的是，高中和大学就再也没有接受过正规的、系统的艺术教育，当然不包括学校的元旦文艺会演和偶尔能碰到的合唱比赛。不知道是不是因为我们这代人艺术教育的缺失，到了自己儿子和孙子可以学艺术时，我们都非常积极地为他们报各种各样的艺术培训班，或者请老师单独辅导。

我们无法知道，在人的成长过程中，如果艺术教育有缺失，会影响到人生的哪一部分，我们无法将其一一对应，就像去年吃了一年的饭，不知道今年身上长了哪块肉一样。做三道选择题也许能看出个中端倪：有机会听音乐会，如果是交响乐音乐会和歌手演唱会，二选一，估计我们这代人选后者会多一些；若是在观看芭蕾舞《天鹅湖》中四小天鹅和小品恶搞大男人出演四小天鹅中选择，肯定后者更容易被多数人接受；美术馆和博物馆二选一参观，你又会选择哪一个呢？骨子里的艺术素养的缺失，注定会在许多事物的选择倾向上表现出来，同时会在一些有关审美的问题上暴露出来，这也注定会使自己的生活变得单调而缺乏情趣。

我有两位学艺术的同事。一位是中小学美术教研员沈文。沈老师经常会带美术老师外出写生，还会把他们创作的作品集中起来，到市美术馆和各学校巡回展览。我也经常被邀请参加他们美术展的开幕式，偶尔还受邀讲几句话，除了赞美就是羡慕，感叹他们教书之余还能创作，还能把自己又一美好的一面展示给大家。

另一位是高中音乐教研员张琦。张老师成立了中山市教师声乐艺术团，把一批志同道合的音乐爱好者组织起来，利用课余排练，成熟后择机演出。

我偶尔也会观看他们的演出，我认为他们的演出水平很高，很有意思。每当这时候，我就会感叹自己学错了专业，不应该学物理，自己的本事只会做几道高考试题，总不能把几道物理题的解答写出来，装裱好，巡回展出吧。于是我经常感叹失去了在人前“孔雀开屏”的显摆机会。

艺术教育的缺失，会引发艺术修养的缺位。而一个缺少艺术修养的人，在现实生活中可能不大注重仪式感，在创新工作中可能缺乏想象力，在与人交往中可能缺少感悟力。

首先说说仪式感。仪式感是个好东西，它可以成为生活的兴奋剂。我们每一个人都渴望生活中的仪式感，比如用精致的早餐开启快乐的一天，在令人愉悦的香水味中忙碌一天。仪式感可以成为情感的保鲜剂，所以我们每一个人都渴望生活中的仪式感，比如亲人生日的礼物、节日的鲜花、旅游的纪念品等。

仪式感还可以为节日增添欢乐的气氛，比如过年的饺子、元宵节的汤圆、端午节的粽子、中秋节的月饼等，不一定会吃很多，但一定要丰富。可是，我们身边的很多人因为没有基本的艺术修养而缺少仪式感，他们常常会忘记亲人的生日，忘记和爱人的结婚纪念日，忘记与好友的相约日，不仅他们自己的生活无趣无味，还影响整个家庭的氛围。

其次再说想象力。创新工作需要想象力，而想象力需要艺术来滋养。比如爱因斯坦曾经说："如果我不是一个物理学家，我可能会成为一个音乐家。"爱因斯坦在闲暇时会拉小提琴，会弹奏钢琴，还跟朋友组乐队搞演出。他在思考科学时，经常利用他在音乐方面的经验提取图像和直觉，然后再将这些转换为逻辑、文字和数学。他在数学的重要性方面提出过这样一个观点："我们这个世界的图景可以由音乐的音符来组成，也可以由数学的公式来组成。"

相反，我们身边一些人因艺术修养不足而缺乏基本的思考力和想象力。他们虽然会说话，却缺乏说话的艺术；他们虽然在工作，却只会硬干蛮干，不会思考巧干；他们虽然认真地生活，却被生活琐碎缠住，忙碌于其中，消耗了所有的时间和精力。

最后说说感悟力。艺术修养越高的人对美的感受力越强、敏感度越高，就越能发现美、体验美、感受美。比如他们会因为看到春天的一片新绿而心喜，会因为听到夏日的一声蝉鸣而心动，会因为闻到秋天的一缕果香而心甜，会因为拍下冬日的一朵冰花而心暖，会因为内心涌现的一抹温柔而泪下……这样的人生是丰满的，是充盈的，是富足的，是既有意义又有意思的。艺术修养低的人对美的感悟力也会低：他们不懂该怎么欣赏一幅画，只能看画得像不像；他们听不懂交响乐表达的是什么，只能看简介是怎么说的；他们外出参观旅游的过程是“上车睡觉，下车拍照，回到家啥都不知道”，无论景色多优美、历史多悠久、文化多深厚，他们都没印象。

我在想，生活中缺少了仪式感，工作中缺少了想象力，精神中缺少了感悟力，我们将会变得越来越无趣。无趣的人，虽然生活会继续，工作也能进行，但是精神世界是荒芜的。我一直提倡要做一个“趣味主义者”，做任何事情不仅要想到“有意义”，还要想着如何“有意思”。

不一样的物理世界

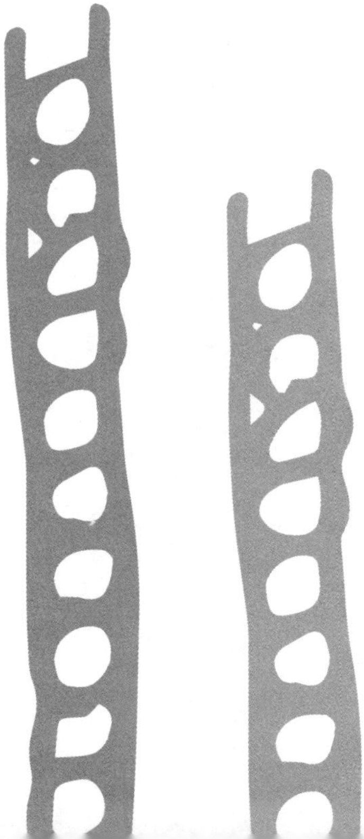

万物皆有裂痕处，那是光漏进来的地方。

——莱昂纳德·科恩

大学原本是一个塑造职业人生的地方，却给了我一个不一样的物理世界。

历史上的很多著名哲学家都是学物理出身的，这是我很多年后才发现的规律。我在湖南师范学院物理系读书的时候，并没有意识到物理会带给我思维方式甚至价值观方面的变化。

物理学的真谛，是对事物普遍性的追求，用一个方法做10件事和一件事情做10遍是完全不一样的。我现在谈教学的时候经常会说“复杂问题简单化、简单问题复杂化”，就是说把复杂的问题简单化，简单到用自己拥有的知识能够解决的层面；把简单的问题复杂化，复杂到可以一通百通的程度。这是大学物理的学习教给我的，也是我的专业技能。

同时，党史老师教给我的思辨意识、数学老师布袋子里的那张白纸、物理学领域里的思想实验，这些物理以外的东西也深深地影响着我，让我习惯于使用这样一个思考问题的公式：基于事实，合乎逻辑地展开。这是一个不一样的物理世界。

无论是对以往价值观的反思，还是对自身职业的价值认同，可以说“柏拉图的洞穴”是我当年独立思想意识启蒙的写照。后来的岁月里我把自己活成了那个走出“洞穴”，又回到“洞穴”的人，而支撑我进出这个“洞穴”的动力则来自大学给的那个不一样的物理世界，其中也包括物理学思考问题的“四大发明”。

我的老师

我总感觉，中国传统和西方传统对教师的态度是有差异的。中国古人讲究“师道尊严”，这一点在“程门立雪”的典故中体现得最为突出。邵雍《河南程氏外书·侯子雅言》记载：“游、杨初见伊川，伊川瞑目而坐，二人侍立。既觉，顾谓曰：‘贤辈尚在此乎？日既晚，且休矣。’及出门，门外之雪深一尺。”文中的“游”是游酢，“杨”是杨时，“伊川”是程颐，他们都是北宋著名的理学家。游酢和杨时对老师程颐的尊敬之情，也被称为中华优秀传统文化的一部分。这种尊敬不仅体现了对老师的感情，还体现了对老师学术观点的信奉。亚里士多德对老师柏拉图，在情感态度上我相信也是很尊敬的，但对于老师的学术观点则既有继承又有反驳，这一点以他的名言“吾爱吾师，吾更爱真理”体现了出来。

韩愈著名的文章《师说》开篇就写道：“师者，传道授业解惑也。”他针对当时“惑而不从师”的现状，引用“古之学者必有师”的例证，着力恢复师道传统。他对老师使命的3条意见，至今仍有启发意义。传道，现在看来不一定是发扬光大儒家的学说思想，而是要成为学生的人生导师。这一点在当前教育中体现得不是很充分。现在的老师，尤其是非班主任，可能更多地充当“授业者”和“解惑者”的角色。对于学生来说，毕业之后对以知识形态存在的“业”，可能会慢慢淡忘。如果教师没有“传道”，没有在学生心中留下某种痕迹，随着知识被淡忘，老师也会渐渐消失在学生的记忆里。

记得有一次听杨振宁先生的讲座，他说起上学时候的一件事。当时有一位老师在黑板上演算一道题，学生发现有一步算错了，但是老师没有发现。于是学生故意不提醒老师，想看看老师在“错误”的道路上能走多远。很快，老师意识到有问题了。他停了下来，后退两步，远看黑板，很快就发现了错误。杨振宁先生说他从中学到了一种可贵的思维方式，那就是要解决局部问题，必须从整体上观照。这件事对于老师来说可能再平常不过了，却深深地影响了学生。让杨振宁先生记住那位老师的不是他所教的知识本身，而是知识之外的某些内容。

无独有偶。浙江义乌中学的吴加澍老师是著名的物理特级教师。有一次他参加学生毕业20周年聚会，会上有学生说起他印象最深的一节物理课。当时吴老师提了一个问题：“你站在五楼的窗台上，敢往下跳吗？”一开始，同学们似乎都被问住了，后来一想，往下跳并不一定是往外面跳，也可以往里面跳。这位同学觉得这个例子特别有意思，至今难忘。当吴老师问他这个案例说明了怎样的物理知识时，他却一脸茫然，摇头说忘记了，不过马上补充了一句：“这个例子说明世界上的事情都是相对的。”吴老师感慨不已。20年前上的这节物理课的价值究竟在哪里？本来是讲有关重力势能的知识，现在学生早已将知识忘得干干净净，但课内使用的例子，又让学生感悟到了“事物是相对的”这样的辩证法。在这样的物理课上，老师的价值又是什么呢？

我上大学的时候，印象最深的是高等代数老师，名字我不记得了。老师50多岁了，他上课时总是拿着一个布袋子，里面装着书、烟、火柴等东西。老师教数学教得好，能把数学知识讲得清楚明白。数学是物理学的基础，虽然我感觉挺难的，但是上课时我总听得很认真，避免有知识遗漏。有一次上课，学生注意力不够集中，老师讲着讲着讲不下去了。于是他停下来，从布袋子里拿出一张纸，看完之后随手放在讲台上，然后继续讲课。下课之后，有好奇的学生到讲台上看老师上课时看过的那张纸，发现那竟然是一张白纸。事后想来，应该是老师为了吸引我们的注意力而故意“捉弄”我们的。这么多年过去了，关于老师的信息我都不记得了，这个场景我却一直记得。

参加工作的第一年，我到一所重点中学任教高一物理。科组里的老师都说某位老师教学水平比较差，有点看不起这个老师。有一次我去听这位老师的课，听完之后学到了两招。第一招是讲课过程中的“诀窍”。因为讲得比较枯燥，很难吸引学生的注意力，于是他讲着讲着忽然停下了，教室里突然变得很安静，学生不知道发生了什么事情，便都抬头看着老师，这时老师抓紧时间讲了这节课的重点知识。第二招是这位老师布置作业有“诀窍”。批改作业是让很多老师苦恼的一件事。通常全部正确的作业最好改，老师只需要打钩就行了。这位老师上课的最后一个环节就是提前讲一下跟作业有关的知识点，尤其是重点知识，这样学生做作业时就不会出现太多错误。老师通过这种方式给自己减了负，而学生也复习到了重点知识。我相信，学生毕业后虽然可能慢慢淡忘这位老师讲的很多知识点，但肯定会有一些其他的东西留在记忆里。

一般说来，能被学生记住的往往是有趣、有故事的老师。老师传授的知识，学生不一定都能牢记一辈子，而能够终生难忘的，除了有趣的故事，可能就是重大事件了。

读大学的时候还有一位老师留给我比较深刻的印象，那就是教我们党史的老师。讲党史，不少老师讲不好，讲着讲着就变成了照本宣科，学生不爱听，教学效果也不好。而教我们党史的老师上课时不完全按照教科书讲，他是一边讲解学术观点，一边结合现实加以分析，对很多问题往往有自己的看法。这些内容培养了我们的思辨意识。但遗憾的是，一个同学到系里反映，说这位老师上课时讲的内容与书本内容不一致。之后上课时，老师很伤感地说从下一节课开始将换另一位老师来接替他讲课。这位老师并没有过激的言论，只是对某些有争议的问题谈了自己的看法。我想老师这样讲课，一是教授学生思考问题的方法，二是激发学生对党史这门课的兴趣。但当时我们并没有意识到这些。现在，几十年过去了，我们应该反思，我们还欠这位老师一个道歉。

还有一位给我们上过课的女老师，到教室上课时被一群学生拦住了，学生义愤填膺地“罢课”了，并强烈要求学校替换这位教师，原因是她讲课太差。发生这么极端的事情，我们都很惊诧。可能之前也有学生到系里反映情况，但系里领导没有采取相应的措施。后来，这位老师被学生“赶”走了，只能到化学系去教普通物理。这种事情没有绝对的正确与否。对学生而言，教师是需要尊敬的，采用如此激烈对抗的方式，要求替换老师，相信一定会给这位老师的留下心理阴影，甚至会成为一道永远绕不过去的坎。对于教师而言，一定要有学术尊严，这种尊严靠的是专业知识的功底。这也要求教师不断提升自己的专业水平，用专业知识维护自己的教学尊严。

学科底色

我读大学的时候，湖南师范学院物理系的核心课程虽和今天区别不大，也是普通物理、四大力学、高等数学、中学物理教材教法、哲学、英语、党史、教育学、心理学等，但课程设置远没有今天这么完善。老师基本上是只教书不育人，辅导员也没什么经验，有的老师和辅导员的人生阅历甚至不如我们一些年纪大的同学。这些年纪大的同学在我们眼里都是当时的社会精英，都是“洞庭湖的老麻雀”，什么风雨都见过，只是出于各种各样的原因没能被推荐上大学。一些辅导员在他们面前讲话也没有底气，连带我们这些“小萝卜头”“小萝莉们”也少受好多来自辅导员的“关心教育”。听说我们的辅导员苏洞庭老师在我们毕业后嫁给了我的七七级师兄。我刚毕业就记不住一些老师姓什么了，到今天就更记不住几位老师了。不是我忘恩负义，而是因为那时100多人上大课，老师上完课，拍拍粉笔灰就走人，平时也没有什么交流。

印象最深刻的要数高等数学的助教陈冀平老师。那时他年轻，经常和学生聊天，这一点与其他老师不一样。记得毕业21年后的2003年，我在昆明参加国家考试中心召开的高考试卷分析会，有幸再度遇见陈老师，彼此甚是欢喜。后来到华南师大，我还特意去拜访了陈老师。

刚进校的时候，专业课学的是力学，老师会布置一些书本上的作业，要求每次都要抄题。明明教材中有题目，我们只需按题号做就行，但是老师非要求抄题。抄题是一种简单的工作，对智力要求不高，又是一种重复的劳动，我内心很是抵触。刚开始还会按老师要求做，时间长了就不会把题目抄全，有时候会每一段少抄几个字。次数多了被老师发现，就会在我的作业本上写一句“把题目抄完”，后来可能又被老师发现了几次。最后考试评分，记得老师只给了我及格的60分，惩罚我写作业不好好抄题。当时，老师一定有足够的理由这样做。现在回想起来，还是自己那时太幼稚，不懂规矩。但是，老师如果对学生负责的话，应该找我谈话，了解一下我的想法，就像今天的教师那样，会从学生的言行中反思和改进自己的教学方式。

刚进大学，我的学习方式还是中学那一套，上课很认真听讲，希望老师讲得仔细一点。物理课还好，本来就没有什么不容易懂的，我又能认真学习。我学数学遇到的困难很多，尤其是数学分析中的一些全新的知识，很多思维方法和原来不一样，学起来感觉比较吃力。有些题目尽管会做，主要还是依葫芦画瓢；有些证明题解答出来了，但又感觉好像跟没证明一样；有些问题一直没有想通，比如刚学数学分析，理解起来感到非常别扭，尤其是数学分析的 ε-δ(N)语言，因为对概念和其中蕴含的数学思想理解得不透彻，总是弄不清楚，解题时糊里糊涂，只好简单模仿。

物理专业最难学的部分主要是数学和四大力学。理论力学难在需要有数学分析和线性代数的基础。电动力学难在要用到矢量分析和场论基础。量子力学难学是因为不仅需要数学物理方法与高等代数的基础，还需要很多其他数学知识，并且交叉性强。我学数学，除了刚开始学数学分析有些不适应，后来高等数学学得还不错，自认为还有点优势；理论力学、电动力学、量子力学三科学起来也比较容易。这些学科的题目，做起来都像是数学题，做题的时候只要不偷步、跳步，按照数学逻辑一步一步推理展开，都能做对。尤其是量子力学的题目更接近数学题，记得我最后考试得了100分。对我来说最难学的是电工学和电子线路，也不知道是自己的原因还是老师不行，思来想去可能是自己的思维方式与这两门学科“八字不合”。学热力学与统计物理，我印象最深的是熵增原理和热力学第零定律。第零定律由英国物理学家拉尔夫・福勒于1939年正式提出。有意思的是热力学的第一定律和第二定律发现80余年后，热平衡定律才被发现是基础，只好命名为第零定律。熵的概念让我感到很神奇，很有意思，也让我对一件事记忆犹新。那是2000年，北京大学赵凯华教授（我读大学时学过的《电磁学》教材的主编）在中山市为参加全国会议的中学物理教师开设"熵与物理教学"的讲座，会后我陪他去惠州，在车上他说了一句很令人深思的话："这批老师教中学时间长了，把自己教成个中学水平。这个讲座再也不能讲了。"

物理学的真谛，是对事物普遍性的追求，用一个方法做10件事和一件事情做10遍是完全不一样的。大学的物理学习，可以分为物理知识的学习和用物理知识解决问题的学习。还有一些知识或思想是超越知识学习和解决问题的，或者说，学知识要用到，解决问题也要用到。比如说对称的思想、守恒的思想，而这些思想才是能迁移到其他领域解决问题的法宝，才是学生为什么学习物理的真正原因，才会使学生受益终身。

举个例子：甲、乙、丙三人用擂台赛形式对弈，每局两人进行比赛，另一人旁观。每一局的输方去当下一局的旁观者，而由原来的旁观者向胜者挑战。半天对弈结束时，发现甲共对弈15局，乙共对弈21局，而丙共当旁观者5局。你知道在整个对弈比赛中，第三局当旁观者的是谁吗？解答这个问题就需要用到对称和守恒的思想。

保尔·拉法格在《回忆马克思恩格斯》一书中谈到，马克思认为"一种科学只有在成功地运用数学时，才算达到了真正完善的地步”。众所周知，科学知识学习的核心是分类找规律，现行的小学一年级数学，学生就要学分类找规律，把一些具体的问题变成抽象的一般问题，通过研究找出这个一般问题的一般规律。比如用控制变量法验证牛顿第二定律，本质上就是通过实验的方法，保持研究对象的质量不变，然后寻找合外力与加速度的关系，此后再保持合外力不变，寻找质量与加速度的关系。

解决问题的本质是把复杂的问题拆分，把复杂的问题简单化，简单到用自己拥有的知识就能够解决的层面。比如，学习平抛运动，是在有了矢量运算知识以及知道匀速运动和匀变速运动知识的基础上；要解决平抛运动问题，需要在水平方向和竖直方向拆分，拆分到上面提及的已有的知识基础，但需要补充一个保证拆分正确的物理学的独立性原理。如果缺少上述知识点，学起来就会只知其然，不知其所以然。

物理学科思维

物理学科的思维方式是什么？我觉得就是讲理性、讲务实、讲逻辑，有一分证据说一分话。这些思维方式是怎么培养起来的呢？通俗地说，就是学生通过解答一道又一道的题目、解决一个又一个问题培养起来的，作业本上或试卷上的红叉，就是学科思维培养的最好证明。在系统化的学习中，学科思维是最明显的学习印记。

概念清晰是物理学科思维方式的表现之一。这也是物理学讲逻辑、讲理性的基础。概念不清，就会失去学科对话的基础。记得我的小孙子3岁那年，有一次他在玩滑滑梯时，突然用“恍然大悟”的语气对我说：“爷爷，我终于知道滑滑梯为什么叫滑滑梯了？因为它很光滑，像一个梯子。”我又指着楼梯的扶手问：“这个东西为什么叫扶手？”他回答说：“因为上楼梯时怕摔倒，要用手扶着。”然后我又问：“那为什么不叫手扶呢？”他回答不出来。在乘坐电梯时，我又问他：“为什么我们乘坐的这个叫电梯？”他说：“因为层层都停。”我很诧异，因为他把握了“梯”这个概念的内涵，即一层一层的东西。这就是一种理性思维的表现。小孩子能够用自己的思维和语言来解释世界，尽管解释得还不是那么科学。

我在网上看到过这样一道题：“一双鞋进价40元，卖了70元，顾客给了100元假币，老板没零钱，找邻居换了100元，事后邻居发现钱是假的，老板只好换100元真币，问老板一共损失了多少钱？”有人说损失了70元，因为之前赚了30元，后来又亏了100元，两相抵消，一共损失了70元；有人说损失了100元，因为卖一双鞋的行为和收假币的行为是两回事，不能掺和在一起计算。还有人有其他答案，并为此争论不休。实际上，产生争论的主要原因在于对“损失”这个概念有不同的理解。理解这个概念，首先要明确造成损失的原因是什么。很明显就是那100元假币。这种思维方式就是物理思维，即明确概念的内涵。

相反，文科的一些概念往往不如理科概念那么清晰明确，于是也造成了两种不同的学科思维方式。例如古人讲的“慎独”，这个概念就不像理科概念那么清晰具体。“慎独”出自《礼记·中庸》，原文为：“莫见乎隐，莫显乎微，故君子慎其独也。”我第一次听到这个词，是出自一个青年农民之口。也许当时他并没有说出“慎独”二字，但意思已经非常明确。那是20

世纪70年代，我十四五岁的时候，有一年暑假去乡下外婆家住了几天。那时农村还没有电，厕所卫生条件也很差，各方面条件都不如城里。然而农村地方大，有水塘可以游泳，可以钓鱼，还有小山，山上有许多小树林，可以用弹弓打鸟，又没有升学压力，每天玩得很充实。有一天晚上，我同三舅及另一个我也叫舅舅的青年人一起从别村回外婆家所在的村。走在乡村的田埂上，四周一片漆黑，到处是蛙鸣、虫鸣，偶尔能听到远处村子的狗吠。我们喝了很多水，走着走着有了尿意，我和三舅都就地解决。这时，那个我也叫舅舅的青年农民讲了一段关于“慎独”的话，意思是虽然是晚上，又是在田埂上，没其他人看见，就地解决好像是理所当然。其实不然，对于一个有上进心的人，你如果对自己有要求，就不会因为没有他人看见而随意，也不会因为一个人独处时而随便，举头三尺有神明。时至今日，我还能想起当时的情景：我一直不敢说话，只是不断品味他说的这段话，打心底里认同他说的。青年农民的那几句话对于一个未成年的中学生的思想冲击挺大，好像接下来的几天我特别听话，经常爬到外婆家的阁楼上，读我妈上师范时读过的书籍。那么，“慎独”是不是单指这一层意思呢？现在有很多人解读“慎独”，有马克思主义基本原理角度的，有西方哲学角度的，有中国古典传统角度的，等等。当我们用“慎独”与人交流时，就需要明确我们是在哪种含义、哪个层面使用这个词语的。这也是文科概念与理科概念的差异所在。

动手实验是物理学科思维方式的表现之二。物理是一门实验科学，物理学家设计奇妙的物理实验去探究物质世界的规律，这可以使我们变得更加理性。对于学物理的人来说，遇到问题之后，他们所做的不是空想，而是提出假设，然后通过实验的方式去试验，去验证，直至找到解决问题的思路。华南师范大学的高凌飚教授曾经讲过这样一件事：他有一个毕业于中山大学物理系的同学，后来去了医院的牙科工作，还评上了教授。他能评上教授，不是医学专业强，而是物理学得好。当人需要佩戴假牙时，很多医生都犯难，他却别出心裁地使用物理实验的方法，不断地试验，使用不同的材料不断地调适，最终顺利解决了难题。他经常说，这一切都要感谢物理学科思维，感谢物理实验方法。

我们上学的时候，在物理实验方面的学习实践比较薄弱，教师不重视，学生自然也睁只眼闭只眼，能逃避就逃避，这也导致物理实验教学没有什么“江湖地位”。印象最深刻的是有一次进行物理实验考查，要求在本学期学过的实验中抽签，我们必须把抽中的实验顺利完成。因为平时都不重视物理实验，我们自然心里没底。临近考试的那几天，我们谁也不敢懈怠，都老老实实到实验室临阵磨枪。那个时候我还不知道“抓落实”这个词，只觉得这种认真的态度是每个人都应有的。老师严格要求，促使我们不再懈怠，教学自然取得了比较好的效果，我们的学习也随之取得了进步。

其实，物理实验培养了学科思维，它本身也很有意思。记得有一个“全息照相”的实验，将玻璃片打碎之后，每个玻璃片上都有了完整的照片。做这个实验的时候，我就觉得很神奇，部分是可以有效地反映整体的。再后来，我知道了生命的全息理论，就是组成生物体的每一个细胞当中都包含有可使细胞发育成完整生物体的全部遗传物质。我不禁联想起一句古代诗句：“千江有水千江月。”这或许是物理实验的“有意思”之处吧。

思想实验

我读大学的时候，慢慢懂得了一个道理：物理是一门实验科学。这门实验科学隐藏着无数智慧，能够给人们提供很多思想方法，不断推动社会进步。在物理学领域内，有一种特殊的实验，即思想实验。思想实验不是用物理器材去做实验，而是指使用想象力进行实验。一般的物理实验是看得见的，而思想实验是看不见的。爱因斯坦说："理论的真理在你的心智中，不在你的眼睛里。"我们印象中，似乎伽利略的实验都是看得见的物理实验，最著名的莫过于他从比萨斜塔上同时扔下两个球，以此证明亚里士多德物理学观点的错误。实际上，很多材料已经证实，这个实验是虚构的。伽利略从来没有做过这样的实验，他的实验多数是思想实验。他曾经说："没有实验，我确信结果也会像我所告诉你的一样发生，因为它必须以那种方式发生。"他的意思是说，思想实验可以产生一个无须通过物理实验得到的结果。思想实验不靠仪器，因此它能够超出人们的生活经验。不过物理实验和思想实验也有相同之处，马赫说过："思想实验的基本方法和物理实验相同。"两种实验都要遵循一定的逻辑规律，其过程和结果都要以逻辑的形式表述。

我们中国古代也有朴素的思想实验，比如"山中方一日，世上已千年"。南朝文学家任昉《述异记》载："信安郡石室山，晋时王质伐木至，见童子数人棋而歌，质因听之。童子以一物与质，如枣核，质含之不觉饥。俄顷，童子谓曰：'何不去？'质起视，斧柯烂尽。既归，无复时人。"这实际上是作家构想出来的两个不同的时空，这一时空的"一日"就相当于那一时空的"一年"。《西游记》里也有"天上一天，地上一年"的说法。据说现在还有"烂柯山"的地名之争，不过他们争的不是思想，而是某种商业价值。

由此我想到了读大学时老师给我们讲爱因斯坦的相对论。相对论是一套高深的科学理论体系，带有哲学玄思的意味。有人问爱因斯坦什么是相对论，他幽默地回答说："如果你和漂亮的女孩子坐在一起一个小时，你感觉像才过了一分钟。如果你独自一人坐在房间里一分钟，就好像过了几个小时。这就是相对论。"这个故事流传甚广，真伪难辨，不过相对论的内涵肯定要比这样的生活案例高深、丰富。我的大学老师上课时曾经问："有没有可能回到过去？"从现实上讲，肯定是回不去的。老师随即给我们讲了爱因斯坦的时空旅行观点。爱因斯坦的狭义相对论认为，假如一个人的速度能够接近光速，那么这个人几乎已经实现了时光穿越。虽然对这个人而言他似乎是在很正常地行走，但对其他人来说，这个人已经完全不属于现在的时空了。举个例子：假如你和朋友一起出发前往某个目的地，你的车子是以光速行进，而你朋友骑的是自行车，你花了一秒不到的时间到达了目的地，然后在那个地方玩了几个月，而你的朋友这时才刚刚到，你对于他而言就是穿越到了几个月后的世界。

爱因斯坦的思想实验深深地影响着人类的知识结构，甚至改变了人们的世界观和方法论。不过也有人提出了反对意见。在1911年4月波隆哲学大会上，法国物理学家朗之万用双生子实验来质疑狭义相对论的时间膨胀效应。他设想的实验是这样的：一对双胞胎，一个留在地球上，另一个乘坐火箭到太空旅行。后者飞行速度接近光速，在太空旅行后回到地球时刚刚两岁，而他的兄弟早已死去了，因为地球上已经过了200年。这就是著名的双生子佯谬。

后来我再读书，猛然发现思想实验并不是起源于物理学科，而是哲学。柏拉图曾经提出了一个著名的思想实验——洞喻：一群人犹如囚徒世代居住在洞穴里，由于被锁住而不能走动、环顾左右或回头，只能直视洞壁。他们身后有一堆火在燃烧，火与这些人之间有一堵矮墙，墙后有人举着雕像走过，火光将雕像投影在他们面对的洞壁上，形成了变动的影像。由于长期看着这些影像，他们便以为是真实的事物。但是如果有一个人挣脱锁链，回头第一次见到火光，虽然一时会刺眼眩目，但经适应后他就会分清影像与雕像，并明白雕像比影像更真实。如果他被人拉出洞外，第一次看到太阳下的真实事物，也会再次眼花缭乱，先见到阴影，再看水中映象，进而看事物，最后抬头望天，直接见到太阳，才知道太阳是万物的主宰。那时的我就是一个努力走出洞穴的人。上大学以前，我对社会的认识是单一和扁平化的，或者说只获得了关于世界的部分真相。读大学后，当我走进大学的图书馆，仿佛走进了一片新的天地。我发现世界上还有如此多的以前闻所未闻的知识和观念。再加上目睹社会发生的巨大变化，以前一些深入骨髓的、深信不疑的东西慢慢动摇了。我想，这可能就是努力走出柏拉图所说的“洞穴”的表现吧。

小学课本里有一篇《瓦特发明蒸汽机》的课文，课文所讲的故事已深入人心。课文说，有一次，瓦特家里人全出去了，只留下他一个看门。他呆呆地看着炉子上烧水的茶壶。水快烧开了，壶盖被蒸汽顶起来，一上一下地掀动着……他想：这蒸汽的力量好大啊。如果能制造一个更大的炉子，再用大锅炉烧开水，那产生的蒸汽肯定会比这个多几十倍、几百倍，用它做各种机械的动力，不是可以代替许多人力吗？这就是后来广为流传的瓦特发明蒸汽机的故事。以前的我对这个故事从未怀疑过，随着知识的增多，我意识到脱离英国工业革命的大背景，单凭这一件事就认定瓦特发明蒸汽机是很片面的。只能说，这件事给了瓦特某些灵感和想法。对于类似的缺乏逻辑关联的事件，我现在已有足够的辨别能力。

记得1980年，我在图书馆的《人民画报》上看到了一张关于罗马尼亚初中学生的照片，那些学生衣着光鲜，更令人惊奇的是每个人都戴了一块手表。这张图片给我的冲击力是很大的。要知道我们是考上大学之后家长才会奖励一块手表。可以说，那时的我仿佛生活在柏拉图说的“洞穴”中，接收的信息有限，面对有限的天地。思想的冲突会带来文明的进步。我们教师要做的是帮助学生开阔视野，鼓励他们接受新知识、新思想。

清朝时，有一位外国传教士在朝廷上讲西方的科学技术。他告诉皇帝和大臣们，地球是一个球，是围绕着太阳转的。清朝的官员哄堂大笑，都认为这个传教士是个骗子。因为假如地球是圆的话，那么地球另一面的人不就掉下去了。“天圆地方”的观念本身就是一个“洞穴”。我相信，那些没有接受现代天文学知识的清朝人，是永远不会走出自身观念的“洞穴”的。

雷颐的《李鸿章与晚清四十年》一书中记载了这样的一件事：有一次，李鸿章访问沙皇俄国，正巧俄国在霍登广场进行庆祝沙皇加冕的彩排，不幸的是发生了踩踏事故，致使约4 000人丧命。李鸿章目睹这一惨剧后，对俄国的官员维特说了这样的话："作为臣子不该让皇上操心这样的事情，不需要上报。"对于李鸿章这种隐瞒不报还引以为正确的态度，维特感到十分惊讶，因此对李鸿章乃至对整个中国的看法和认知都不一样了。

这些人可能就是一直没有走出"洞穴"的人。其实还有一些人，他们先走出了"洞穴"，但是走出来之后再也回不去了。据说，柏拉图"洞喻"中的那个最先回头并走出洞穴的人，当他再次回到洞穴之后，跟其他同伴讲述洞穴之外的所见所闻时，其他人全部嘲笑他，并且认为他疯了。这实际上也是启蒙者的悲哀。以前看过一篇韩少功写知青的短篇小说《棋霸》，与阿城的《棋王》一样，写的都是下棋的故事。知青到了农村，一方面说是接受贫下中农再教育，另一方面也给农村带去了新的知识和文化，促进了当地文化的发展。知青有时候会聚在一起打牌、下棋。村子里有一个百里内外下棋很厉害的小小棋霸李某，要来挑战知青。我们知道，象棋有一个规则是"马走日"，也有被别住腿不能走的"马别腿"的术语。可是李某人下棋根本不管这一规则，结果遭到了知青的耻笑。他习惯了规则之后，慢慢又可以赢知青了。但是当知青返城之后，他没有棋友了，于是只能跟村子里的人下棋。当他告诉村民"马别腿"的规则时，村民都说他疯了。最后，他再也不下棋了。因为他发现，他走出"洞穴"后再回来时，已经无法回到过去的生活了。

"一束光改变了他的生活，他却无法再回到过去的生活。"这是知识启蒙最大的悲剧。由此，我也想到了教育工作者。北京师范大学的肖川教授在《教育的理想与信念》中说过一句话："教育即解放，意味着教育是探索，是启蒙，而不是宣传和灌输；是平等对话和自由交流，而不是指示和命令；是丰富认识，而不是统一思想；是尊重和信任，而不是消极防范。"确实如此。身为教育工作者，我们要做的不是给学生制造一个"洞穴"，而是启发和引领学生走出自己固有的思想认知，不断接受新知识、新理念，不断进行思想实验，走出"洞穴"，而且要走得彻底，走出去就不要再回来了。

谈理性

经常会有一些因冲动和膨胀引发的事件见诸媒体，引来热议。这些非理性的行为所带来的后果，严重的恐怕会产生蝴蝶效应，贻害无穷。我左思右想，放心不下，拿出手机用百度搜“理性”二字。在“百度汉语”中“理性”有下列3种解释。

第一种：属于概念、判断和推理阶段的认识，与“感性”相对。

然而，认识本身就有狭义和广义之分，又加上“感性”，比较复杂。比如做人的思想工作经常说的两句话“以情动人，以理服人”和“事业留人、情感留人、待遇留人”，都是说起来容易。

第二种：18世纪法国唯物主义者和空想社会主义者把合乎人性的称为“理性”。

这句表述简单，但要弄清楚什么叫人性、怎样才合乎人性就又麻烦了。比如，《诗经》的第一首诗《关雎》，是中国古代描写男女恋爱的一首情诗，既承认男女之爱是自然而正常的感情，又要求对这种感情加以克制。是合乎人性还是理性？讨论起来也不容易，只好就此别过。

第三种：德国哲学家康德、黑格尔的用语。指通过辩证思维将各种抽象规定综合起来把握事物整体的思维过程和结果。

面对康德、黑格尔两位顶尖的哲学大师所说的理性，本人才疏学浅，只能认识到理性是过程也是结果。

要想把理性继续谈下去，还得接着搜索，另辟蹊径。而在“百度百科”中有这样一种说法：理性是基于现有的理论，通过合理的逻辑推导得到确定的结果。反之就是反理性。理性的本质就是否定与怀疑。按这段文字的理解，理性就是基于理论符合逻辑的结果。太好了，终于找到一个自己既认可又喜欢的表达。没想到，自己经常在思考问题中用的一个框架，竟然是一个理性公式。

我思考问题的一个公式：基于事实，合乎逻辑地展开。

有了这个公式，再写文章、做讲座，尤其是即兴发言，都非常好用。

“基于事实”指的是问题的出发点必须是真实的事实。面对一堆基本事实，为己所用，你可以有选择，但尽可能全面，少点以偏概全。基于事实，是有一分证据说一分话的“一分证据”。少了这一分证据，结论就不一定能站得住脚，说出来的话别人就可能不服。罔顾事实，掩耳盗铃，只会是自欺欺人，弄巧成拙。

“合乎逻辑地展开”有两条路径：一条是合乎事物发展的规律逻辑，另一条是合乎人类思维的形式逻辑。

合乎事物发展的规律逻辑：自然界有自然界的存在规律，社会有社会的运行规律，人生有人生的规律，而这些规律是人类共同总结出来的，是人类智慧的结晶。人们所要做的就是要想方设法认识和掌握这些规律，并依据规律行事；若不遵守规律或破坏规律，一定会自食其果。

合乎人类思维的形式逻辑：形式逻辑是研究思维形式及其规律的科学，形式逻辑为分析思考问题提供了一些可操作的准则。爱因斯坦认为，西方科学的发展是以希腊哲学家发明的形式逻辑体系（在欧几里得几何学中）以及发现通过系统的实验可能找出因果关系（在文艺复兴时期）这两个伟大的成就为基础的。可见形式逻辑与科学、理性之间的密切关系。

物理学思考问题的“四大发明”

物理学对人类文明的贡献是巨大的。物理理论的发展促进了科学技术的进步，将人类带入现代工业文明和信息化时代，为人类创造了丰富的物质文明。比如，没有物理学家法拉第发现电磁感应现象，就不可能有发电机，也就谈不上现代工业文明。更重要的是物理学的研究过程为人类积累了丰富的科学研究的方法和思考问题的策略。无论是物理还是其他领域，当遇到各种问题时，首要就是要思考问题。物理学思考问题有其独特的思维方法，例如构建质点模型时，采用抓住主要因素、忽略次要因素的思维方法。物理学思考问题的方法对其他学科领域的研究和生活中实际问题的解决有重要的启示。具体而言，主要有分析问题、提出假说、实验验证、形成规律4种，暂且将其称为物理学思考问题的“四大发明”。在介绍这“四大发明”之前，先探讨一下物理学对人类思考问题的启示。

一、对思考问题的思考

思考是人的重要心理活动，是人发现问题、解决问题必不可少的重要环节。对社会而言，有了思考，社会才能不断进步，人们才能不断优化解决问题的方案，不断解决遇到的新问题；对个人而言，有了思考，人的智慧才能不断增长，才能为社会贡献更大的力量，人生才有意义。

（一）什么是思考问题

按照现代汉语词典的解释，“问题”包含4种含义：1.要求回答或解释的题目。2.需要研究讨论并加以解决的矛盾、疑难。3.关键；重要之点。4.事故或麻烦。而思考是指人对于某一个或多个对象进行分析、综合、推理、判断的心理活动过程。思考是能够帮助我们阐述或解决问题、做出决定、了解欲望的所有心理活动；思考是探寻答案，获取意义。思考问题可以认为是对题目、矛盾、疑难、关键之处、事故或麻烦等进行分析、推理，并给出解决方案，缩减现实情况与期望情形之间的差异的心理活动过程。

（二）思考问题在解决问题中的地位

在人的成长历程中，总要面对各种困惑，总会遇到各种需要解决的问题。只有学会思考，才能在面对不同情形时分析问题，理性做出决策，解决问题。

发现问题后，通过思考，提出解决问题的具体方案，最终解决问题。在反思解决问题的过程中往往会发现新的问题。在这样的循环思考中往往会使得解决问题的方案得到优化。可见，思考问题是解决问题过程中的核心和关键环节，起到承前启后的重要作用。只有透彻地思考问题才能发现并解决问题。思考问题是发现问题、解决问题的纽带，只有思考问题才能解决已经发现的问题；思考问题是发现新问题的根本前提，要发现新问题需要对问题进行深入思考，将问题的脉络理清；在解决问题的过程中，又会促进对问题的反思，从而提出解决问题的其他合理方案等，进而发现新的有价值的问题。

（三）思考问题的目的指向是解决问题

思考问题的目的指向是为了解决问题。解决问题可以分为3个层面。首先是知识层面。当面对一个问题时，如果问题解决者具备解决问题的丰富知识，则利用具备的知识可以轻松解决问题。相对而言，这类问题解决难度较低。例如争论火热的转基因食品问题，如果争论者具备转基因的丰富知识，则无须进行争论，问题的答案自明。其次是思维层面。当面对的问题相对复杂，而问题解决者知识储备不够，或者需要解决的是一些未知的待探索领域的问题时，可以从思维的层面来分析、思考问题，从而达到解决问题的目的。还是以转基因问题为例，普通大众也好，新闻媒体从业人员也罢，显然不具备足够的与转基因相关的知识，但是可以思考：转基因在美国普及了吗？美国的公司向我国输入转基因食品种子是为了造福我国人民吗？转基因公司过去有什么劣迹吗？向我国输入转基因是纯商业行为吗？……通过对这些问题的思考，自然可以明白我们是否应接受国外转基因食品的输入。再次是价值观层面。当问题复杂且涉及长远规划和重大战略决策时，就需要从价值观的角度去思考问题、解决问题。在明确了我国对于农产品质量与食品安全的规定后，有关转基因食品去留的问题自然有了答案。

二、物理学思考问题的“四大发明”

物理学的一个显著特征是高度量化。在错综复杂的物理研究领域里，问题具有多样性和复杂性，可以对问题进行分解、分类去处理，并通过实验验证、测量、严密推理达到极高的精度。同时，也可以从定性或半定量的方法入手，用等效性、对称性、守恒性等思想方法，抓住问题的本质，把许多看似不同的事物，通过抽象化的方法统一起来，简化事物的多样性和复杂性，用极简的公式（规律）进行解释，以探索事物的普遍性，预测事物发展的未来。例如在奥斯特发现电生磁的效应后，法拉第重做了奥斯特的实验，并对这一问题进行分析，发现以前的实验分为两类：一类是电流对磁体的作用，另一类是电流对电流的作用。法拉第根据对称性的思考，推想出还可能存在磁场对电流的作用，并在日记中写下“磁能转化成电”的重要假说（1822年）。为了验证这一假说，法拉第进行了长达10年之久的实验，终于在1831年8月29日发现了磁生电现象，并于当年11月24日写出报告，正式定名磁生电现象为“电磁感应”。物理学上分析问题、提出假说、实验验证、形成规律对其他领域思考问题、最终解决问题有很好的启示。

（一）分析问题

遇到具体问题时，首先要分析问题。分析问题主要包括两个方面：一是分析问题的价值，该问题是否具有一定的普遍性；二是该问题与哪些因素有关。如果问题具有价值，就需要进一步找到影响问题解决的主要因素，为后面猜想可能存在的一般规律、通过实验总结规律、用实践检验规律、完善规律等环节奠定基础。例如在力学中分析问题时常采用隔离法。隔离法是指对物理问题中的单个物体或单个过程进行分析、研究的方法。把要分析的物体从相关的物体体系中隔离出来，作为研究对象，对其所处环境做理想化处理，只分析该研究对象以外的物体对该对象的作用力，不考虑研究对象对其他物体的作用力，从而剔除分析问题时的干扰因素，抓住本质因素，为掌握“隔离法从整体到局部的思维特点、运用分析问题时的适用情况、运用隔离法时的步骤”等一般性规律奠定基础。

物理学分析问题的思维方式对人们思考一般性问题有很好的启发。遇到问题，先思考问题的价值，思考问题是否有普遍性，再分析与哪些因素有关。如果问题有价值及普遍性，那么才算是一个真问题，才有花费时间和精力解决的必要。分析问题与哪些因素有关是为提出假说、实验验证假说、形成普遍性规律奠定基础，最终为解决更多的普遍性问题提供指导与借鉴。

（二）提出假说

恩格斯说：“只要自然科学在思维着，它的发展形式就是假说。”在认识世界的过程中，人们通过思维提出各种假说。假说是物理学进行科学研究的一种重要方法。物理学理论的发展史可以说就是假说的形成、发展和假说之间的竞争、更迭的历史。比如在研究磁现象时，安培通过分子电流假说将电流产生的磁场和磁体产生的磁场相统一。再比如关于原子结构模型，从汤姆逊的葡萄干布丁模型到卢瑟福的原子核式结构，再到波尔模型的争论、更迭，科学家通过假说逐渐逼近客观真理。人类对自然界客观规律的认知远远不足，对很多领域还处于无知或者一知半解状态。通过假说可以将人们的认识从已知推向未知，进一步将未知变为已知。不仅物理学的研究如此，科学假说还可以被借鉴到其他学科的研究之中。

假说对科学问题研究起纲领性的引导作用。首先，假说引领实验的设计和实施。利用科学假说，研究者（问题解决者）在寻找现象间的因果关系、事物内部结构及其起源和演化的规律时能更好地按照要求有目的、有计划地设计和实施系列实验。其次，假说引导理论的构建。当科学假说能够被观察和实验支持，假说就会发展成为构建相关科学理论的基础，就可以实现对科学理论的定义或者补充。利用假说的研究方法，人们对自然界的认识和改造就可以沿着“经验事实—假说—新经验事实—新假说—新理论……”的路径不断深入和发展。

（三）实验验证

实验是物理学的基础，更是物理学的魅力所在；实验是物理学的内容，更是物理学研究的重要方法。物理学往往需要进行定量或半定量的研究得出规律，这就需要进行实验。在尊重客观实验事实的基础上经过分析、综合等思维推理过程得出结论——科学规律。物理学的每个物理规律的得出都离不开实验。例如牛顿第一定律、阿基米德原理等都是通过观察实验、分析推理最终得出的科学规律。实验验证也是物理学家思考问题的重要方法。物理学家在进行科学研究时，往往先提出自己的观点，然后通过设计实验来验证自己的观点，即通过实验对一些理论、观点进行证实或证伪。例如前面所述的卢瑟福通过粒子散射实验中出现大角散射的事实，否定了汤姆逊的葡萄干布丁模型。

实验验证对人类思考问题的启示在于处理问题时要有求证的意识，要有实事求是的思想。在遇到问题后，首先提出问题解决方案，然后试点。试点过程中发现新问题，提出修正方案，再试点。经过不断试点后完善方案，总结经验，形成可供借鉴的问题解决策略后推广辐射。例如在进行青藏铁路、港珠澳大桥等重大基础设施建设过程中遇到一些难题，没有可供借鉴的经验时，都采用过先提出方案，先小范围试点，在实践中不断完善，待实验验证可行后再正式实施及大范围推广的策略。

（四）形成规律

物理规律是物理学大厦的重要支柱。它是某一类物理现象、物理过程的本质进行相互联系在人的头脑中的反映。它是人们对观察到的物理现象、物理过程进行深入思考，探究其本质联系，并总结、升华的结果，最后用语言文字或数学公式简洁地表述出来。它是物理学进行科学研究的重要内容，也是物理学对问题进行思考的重要方法。例如行星运动、潮起潮落、物体下落等自然现象，都能用万有引力定律解释。又如利用欧姆定律，结合串联、并联电路中电流、电压的实验关系，通过数学知识可以抽象出串联、并联电路总电阻的计算公式。规律的总结，是为了将具体、形象的经验进行科学抽象，形成一般的可供借鉴的解决问题的知识，其目的是解决问题。“只有掌握了物理规律，才能遵循这些规律去分析、处理千变万化的物理问题。”物理学思考问题一定会经历从个别到一般性的规律，找到与具体问题相对应的普遍性规律。面对问题找普遍性规律是物理学研究问题的重要方法。

形成规律对人们思考问题的启示在于启发人们在日常生活中要注意将验证假说的感性经验进行升华，上升到理论的高度，形成新假说、新理论，这样才能更好地被他人借鉴，才有推广价值。当把经验升华后，经验就会成为人们解决实际问题的一般性知识，甚至成为人们认识客观世界的方法论。例如当人们在工程技术中遇到困难时，先通过实验积累经验，获得成功后总结经验，升华经验为理论并推广。

三、结束语

历史上阿基米德判断王冠是否为真金与曹冲称象的情境出奇相似，且他们都是为了解决面临的实际问题。然而，曹冲称象只是解决一个问题，而阿基米德在解决实际问题之后将经验升华成理论，形成了物理学上的浮力定律。曹冲虽然聪慧，但与浮力定律的发现失之交臂，可以说是“千古遗憾”。他不能将称象的经验进一步发展成为能够指导解决更多问题的一般性理论，这与他年幼，思维还处在发展期，其称象的方法也许只是一时灵感有关。而阿基米德是物理学家、哲学家，具备物理学家思考问题的系统方法和素养，具备物理学上思考问题的策略和迁移能力。曹冲和阿基米德对所面对的问题，追求的目标可能不同，曹冲可能就是“一事一议”，仅立足于解决当下的问题，而阿基米德作为科学家，有探究本质、寻找一般性规律的欲望。但是，最根本的原因在于，曹冲对科学研究，对物理学研究而言是一个“素人”，不具有物理学系统思考问题的素养，也就不具备建立分析问题、提出假说、实验验证、形成规律的思考问题的能力。曹冲称象是建立在只要船的吃水线一样，船上物体的重量就一样，是一个等效替换，只是一个等效思想。他建立了一个等效的假说，没有证明假说是否正确，缺少实验验证，更没有把问题抽象成一般问题，然后找到普遍规律。曹冲没把物理学思考问题的“四大发明”依次应用，不能发现浮力定律。这说明系统掌握思考问题的“四大发明”很重要。

物理学的科学研究方法很多，比如观察法、比较与分类、分析与综合、归纳与演绎、理想化方法、类比法、数学方法等。这些方法能够给人们思考问题提供启示，可以迁移到其他学科的研究和生活中实际问题的解决中。但这些方法是微观层面的具体方法。本文所述思考问题的“四大发明”——分析问题、提出假说、实验验证、形成规律，是在问题解决过程中更宏观地思考问题的方法，每一种方法都对应多种微观物理方法，更能够提纲挈领地为人们思考问题提供启示。将物理学思考问题的方法迁移到其他领域的问题解决中，遇到问题时按照“先分析问题，提出理论假设，然后做实验验证假设，并推广到一般”，最终能够解决问题。物理学的思考研究方法已经成为普遍的思考研究方法。例如，我国改革开放后设立经济特区，先行先试，总结经验并推广。最近几年设立的自由贸易区，前段时间支持深圳建设中国特色社会主义先行示范区，以及新一轮高考改革在浙江、上海先行试点后，于具备条件的省份逐渐推开，无一不是这样的思维方式。这些改革措施所反映出的思考问题的思路与物理学思考问题的方式高度一致。这也足以证明在物理教学中注重思考问题的方法教学是非常重要的。

注：此文发表在《物理教学探讨》2021 年第 5 期，另一作者是我工作室的助理晏廷飞

岳麓山下的梦与歌

文学让你看见，哲学让你定位，历史让你连接，这些都是人文的价值。

——钱颖一

当年湖南师范学院物理系课程设计的专业性是很强的，但缺乏系统的人文教育课程，也没有后来大学开设的《大学语文》《大学英语》《中国革命史》之类的公共课。所幸我就读的是一所综合性大学，文学、哲学、历史方面的知识还可以通过学校图书馆、其他文科院系的课程、不同院系的同学以及人文讲座等零星获取。学校图书馆的文学书籍不少，我常常泡在那里，尤其喜欢契诃夫、欧·亨利、马克·吐温的短篇小说，直到今天想起那些小说情节，我还会忍俊不禁。

我的大学校园坐落在岳麓山下，岳麓山的文化多少都会浸润校园里像我一样年龄的年轻人。现在被坊间称为“堕落街”的地方就在学校门口，离我们宿舍不远。那里有一家小小的书店，如果老店员还在，一定还会记得那些在书架间转悠的没钱买书又渴望读书的穷大学生。当年的同学中也有一些“老三届”，甚至比“老三届”还要早的学生，他们年龄大、有家庭、收入不多，但很有上进心。他们也是我当年成长的楷模，因为他们用自己的行动教会了我们这批年轻大学生如何珍惜一个新时代的开启。

当年碎片化的人文教育居然让我曾经一度做过“文学梦”，一个“理工男”希望自己成为“下笔如有神”的作家。梦想可以有，但那毕竟是梦。不过这场“文学梦”却为我在大学的那些日子增添了一抹人文的底色，渲染了些许岳麓山下的梦与歌。

我的校长

常言道："火车跑得快，全凭车头带。"在学生的心目中，校长无疑是非常值得敬仰的人物。校长不仅是一所学校的管理者，还是师生成长的引领者，是品牌文化的构建者和发展机遇的创造者。

记得1978年我考上大学时，湖南师范学院的校长是李秋枫。对于一名初入大学的学生来说，岳麓山的美比时任校长是谁对我更具吸引力。湘江潮涌，师生更迭，只有湖南师院依然伫立。那时候，校长对我来说只是个符号，所以没有太多的关注和印象。当然，作为一校之长，处于学校决策圈的顶层，对一所学校的发展肯定是起着决定性作用的。拿饭堂就餐来说，我刚进湖南师范学院时，学生们是吃围餐的，后来改为在窗口排队打饭。就餐方式的改变，必定与校长的决策相关，但对于普通学生，着实很难在第一时间将两者关联起来。我们更习惯说"学校做了什么"，而非“校长做了什么”。

1981年，尹长民教授就任湖南师范学院的校长，她是著名的生物学专家。尽管尹校长学术成就非常大，但对于就读物理系的我来说，相互之间也没有什么联系。我对她的印象主要来源于生物系学生对她的评价。出于对学者和学术的尊重，这些评价也就成为其他专业的学生对她的印象和评价。值得一提的是，尹校长是签名授予我大学毕业证书和学位证书的校长，这两册证书伴随我至今，也使我和这位专家型校长保留了一定的关系。

1982年，我大学毕业。之后听说第二年尹校长就直接提拔为湖南省委常委了，由林增平教授接任校长一职。林校长是著名的历史学家，当时我已经工作了，跟母校也没有什么联系，对于林校长的印象也仅限于此。之后我忙于生计，也有很长一段时间不曾关注母校的发展。

1996年，我大学的物理老师，同时也是当时湖南师范大学副校长的罗维治教授来到我工作的学校——中山纪念中学调研。他很自豪地说起湖南师范大学发生了翻天覆地的变化，母校进了“211工程”，而且引进了大量的人才。也就是这个时候他说起了母校的功勋校长张楚廷教授。罗老师对我说，湖南师范大学从一所默默无闻的地方大学成功跻身国家“211工程”重点建设大学的行列；湖南师大的毕业生在北京大受欢迎，宣武区甚至出现了“湖南师大现象”……作为湖南师范大学掌门人的张楚廷教授都厥功至伟。在罗老师和我们师生的交流中，我对张校长有了最初的印象。张校长从1986年起任湖南师范大学校长。他在湖南师范大学坚持以人为本，特别关注人的尊严、自由、个性发展及人的解放，主张“生本位”“师本位”的教学理念。湖南师范大学的毕业生在全国都有影响。同时他高度重视师资建设，大量引入年轻骨干教师和著名学者专家来校任教，也为学校后来跻身“211工程”奠定了坚实的师资基础。时至今日，当年他招聘的年轻老师都成为湖南师范大学的骨干，很多教授成为学科带头人甚至是院士。而且，张校长鼓励人才自由流动，可见他胸怀宽广，很有包容心。罗老师的话让我对张校长产生了强烈的敬意，甚至想找机会向他多多请教。

从那时候起，我开始通过新闻媒体、网络等关注母校的变化，同时也关注这位“传奇校长”。说来也巧，2011年6月，我去湖南师范大学培训。培训的主办方湖南师大校友总会邀请了张楚廷校长来为我们讲课，这是我第一次见到张校长。记得讲课的时候，张校长说起了很多办学时遇到的困难以及解决问题的方法。有一次省委书记来学校考察，说学校很一般，没有什么特别引人注意的地方。张校长直接把在学校任教的博士全部请来，一路排开，依次介绍。书记大为震惊，然后就问：“你有什么办法留住这些人才？”张校长说：“这就是我想请您帮我解决的问题啊！”遗憾的是，我当时来去匆匆，未能与张校长多聊。但他深厚的学识、儒雅的谈吐给初次见面的我留下了深刻的印象。

时隔5年，2016年9月，张校长去深圳参加校友会成立20周年活动，随后来到中山，我有幸和他小聚，并当面向他请教关于人的全面发展等问题。人的全面发展是马克思主义的重要内容，马克思认为，把“生产劳动同智育和体育相结合，它不仅是提高社会生产的一种方法，而且是造就全面发展的人的唯一方法”。恩格斯也指出，人的全面发展就是要“使社会全体成员的才能得到全面的发展”。当时我对人的全面发展有自己的一些看法。向张校长请教的具体谈话内容记不太清楚了，但小聚之后我阅读了张校长的《教育基本原理》一书，在这本书中找到了他对人的全面发展的论述。他认为，人的全面发展是学校和社会的义务，全面发展就是个性发展、自由发展，实际上是和谐发展、审美发展；如果我们更全面地理解全面发展，可以更坚定地贯彻既定的教育方针，更坚定地践行我们的教育理想信念。张校长的诸多观点给我一种拨云见日的感受，看似表述简单，实则内涵深刻。小聚期间我向他表达了自己一直以来的定位是“做一个有思想的趣味主义者”，他对此评价颇高，这也给予我极大的鼓舞。

2017年9月20日，中山市初中青年干部“3680种苗工程”在湖南师范大学开班，我又有幸聆听已81岁高龄的张校长的精彩讲座“候任校长应准备写什么”。他用略带乡音、幽默风趣的话语讲述了自己30年的校长经历，认为做校长是一门学问，要懂得教育。他特别指出做校长不是当官，而是要引领学校长远发展，能深刻地影响教师和学生的人生，同时也有利于校长个人自身的发展。他自豪地说，自己最得意的事情不是写了1 400多篇论文和1 208首诗，也不是独立出版90多本著作，而是把校长做好了。临别时张校长还为每位学员赠送了他亲笔签名的晚年著作《给教师的101条建议》，希望大家能精心研读，认真领悟，促进自身教育教学能力的提升。从张校长的一言一行中，我无处不感受到他那高尚的人格魅力、睿智的处事能力、深厚的学术素养、丰硕的学术成果和他对教育的无比热爱和独到见解。培训之后，我们学员亲切地称呼张楚廷校长是现代版的、教育界的“老顽童”。

梅贻琦先生曾言：“所谓大学之大，非有大楼之谓也，乃有大师之谓也。”大师的成长离不开校长的培养和引领。与中小学校长不一样的是，大学校长要承担起思想引领的职责。大学校长的学术研究、重要场合的发言与演讲等，都应该起到思想引领的作用。因此，大学校长应该是文化界的骄傲。从这个意义上说，张楚廷校长堪称湖南师范大学“永远的校长”。

“文化看高不看低”

作家王蒙曾经写过一篇《文化看高不看低》的文章。他认为，衡量一个国家的文化，是“看高不看低”。他引用了一句话：“据说英国人宁可失去英伦三岛，也不能不要莎士比亚。”意思是说莎士比亚所代表的就是英国文化的最高峰。人们说起英国文化，首先想到的是莎士比亚而不是其他作家。同样道理，提起中国古代诗歌文化，人们首先想到的是李白、杜甫、苏轼等。有人可能会说，这是一种精英文化，忽视了大众文化的力量。但正如王蒙所说，平庸无罪，但文化若只剩下平庸的东西，就很危险。我们每天都会面对很多作品，也不可能排除快餐式的文化和碎片化的阅读，但我们依然在期待大师、大家、大作和经典。

炫耀祖先，可能也是“文化看高不看低”的变式。我的伯父经常对我讲起他的父亲，也就是我祖父的事迹。伯父是做盐生意的，或许是出于对土地的热爱，或许是农民骨子里存在着的一种不安全感，他最喜欢买田。但是我的祖父经常把伯父买来的田给卖掉。因为家里没田，所以后来我家被划为贫农，虽然物质上贫穷，但政治上安稳。伯父后来做了某个大区的区长，我的父亲后来做了县委的通信员。再后来，伯父希望我的父亲回家种田，父亲不愿意。无奈之下，伯父毅然辞职，回家种地。据说祖父当年是红军某赤卫队的队长，我对此一直心存疑虑。衡阳市廖田乡有一个洪门圈子会的头子叫何炳林，他先是成立了桐梓山农民游击队，后被改编为工农革命军第一师独立第三团。1928 年参加了井冈山会师，被编入了红四军。后来一个偶然的机会，我得知何炳林和我出自同一支。据此推测，祖父当年担任红军赤卫队队长是有事实依据的。而他的眼光，可能就来自那个时候的政治经历。

每个人都希望自己的祖先很厉害，但这种“厉害”不是用来炫耀的。祖上流传下来的优秀精神品质、良好家风等，能真真切切对个人产生好的影响。从这个逻辑看，“文化看高不看低”的实质就变成了“祖先看高不看低”。这种“高”，只有对后代产生积极影响时，才真正具备了“高”的价值。

我对母校湖南师大——当时叫湖南师范学院——自豪度不高。当时高考后报志愿，第一志愿都没有填她。现在我们看一所高校的办学业绩，可能首先关注的是学校出了什么名人，有多少院士，有多少“长江学者”，有多少知名教授，或者跑到校史馆看看学校有多少知名人士。这一点也无可厚非，因为“文化看高不看低”嘛。知名教授有影响力，这种影响力也会直接或间接地作用于个人。当年我们物理系只有一位教授，平时没见过，名字在一本他主编的《物理问题解释》上出现过，署名是“谢泉教授主编”，于是才知道系里有一位叫谢泉的教授。由此可见，我们当时受到物理系顶尖教授影响的机会是很小的。现在很多高校都要求教授要给本科生上课，要多开讲座，发挥自己的学术影响，尤其是对学生产生影响，我觉得这个要求是很有道理的。

大学时印象最深的有两件事。第一件事是学校邀请北京大学外国文学教授柳鸣九先生为我们开设讲座。柳教授学识渊博，知识面广，对外国文学有很深的研究。他讲《红与黑》，对我冲击尤其大。这本书在眼界、知识、思想、人性等方面，至今依然对我有影响。作为一个物理系学生，我能够有机会受到文学、历史等学科的影响，也算是“万幸”。第二件事与当时我们的实习老师贾兆平先生有关。贾老师是我们在中学实习的带队老师。在实习快结束的时候，为了表达对中学的感谢，贾老师特意为全校师生开了一个讲座，讲的是电磁学的基本知识。贾老师风趣幽默，给学生讲了很多生活中常见的电磁现象。例如床铺放置什么要追求南北走向？这是因为顺应了地球的电磁场。我想，贾老师对那所学校的中学生肯定是有影响的。对他们来说，贾老师就是一个“文化高地”。

我一直觉得，大学文化就是让大学生骄傲的文化，是能够对学生产生深刻影响的文化。这种文化不局限于院系，而是弥漫在学校的任何一个角落。它不仅仅是知识，更是一种精神，一种人文的熏陶。希望自己的学校有好老师，希望自己的国家有真正的大师，这是人之所愿。但这些好老师不应该成为学生炫耀的本钱，而是真正对学生产生积极和深刻的影响。我想，这也许就是“文化看高不看低”在教育方面的体现吧。

岳麓山

人在不同的阶段对同一事物会有不同的认识，“物”还是那个“物”，但人的性格、心态、思想在一生经历中都会发生改变。记得电影《黄桥决战》中有这样一个片段：决战之前，陈毅与一个老先生下棋。老先生有个从未改变的习惯，就是执黑子，而且是用钉子把“将”钉死，因为他下棋从不动老将。和陈毅下棋时，老先生破例拔下了钉住“将”的钉子。两人连杀三盘，陈毅都赢了。战役胜利结束后，陈毅再次找老先生下棋。这回，老先生没有拔下被钉住的老将。两人连下三盘，老先生的老将纹丝不动，陈毅却是三盘皆输。陈毅大惑不解，问其中的缘由。老先生说：“你初来的时候，要前去领兵打大仗，我怕挫伤你的锐气，所以让你三局，老夫乃为将军助威也。现在你打了胜仗回来，该戒将军胜利之后头脑之昏，我就没有再留后手，是希望你头脑冷静，不滋生骄气。”同一盘棋，在不同的时候有不同的价值。岳麓山之于我，亦是如此。在不同的时间点登岳麓山，心态和价值观念都有所不同，我对岳麓山的认识自然也有不同。

一、初识岳麓山——就是个山名

1978年，我拿到大学录取通知书后，父亲的一个朋友前来祝贺。这位叔叔和我聊起湖南师院，他告诉我湖南师院旁边就是岳麓山。作为一个湖南人，“岳麓山”这个名字自然是很早就听说过的。那时候，我还没有游山玩水的旅游意识，没有到过岳麓山。当时我在《人民画报》上看到一张岳麓山的照片，从照片中感受到岳麓山的美丽。因为没有亲身前往，所以对真实的岳麓山没有什么感觉。我生活在衡阳，衡阳有衡山这样的五岳名胜。南岳衡山有七十二峰，回雁峰为南岳之首。而“岳麓山”中的“岳”就是南岳衡山，“麓”是山尾、山脚之意，因此“岳麓山”取名于“南岳之尾”。回雁峰坐落在衡阳市区，我经常爬山游玩，而“岳麓山”于我，可能就只是一个山名。

到湖南师院报到之后的一个月里，我感觉比较新奇的是学校的饭堂、图书馆等，只在校园里四处转转。一个月之后，我才利用一个周末和同学一起登上了岳麓山，无非是走马观花地看一遍。当时景区还没有5A之类的光环，也不要门票，我对岳麓山也没有太高的心理期待，感觉就是在爬一座普通的山。到岳麓书院，看到“惟楚有材，于斯为盛”的楹联，当时的感觉就是湖南人太厉害了。接着到爱晚亭，看到了毛主席题写的“爱晚亭”三个字。爬山的过程中，接连看到了禹王碑、云麓宫等。到达云麓宫后，站在山顶，远眺东方的长沙城，有一种“浩浩乎如冯虚御风”之感。之前从未站在高处俯瞰一座城市，登上山顶之后，才发现自己真正是“井底之蛙”。

二、再登岳麓山——好玩的趣事

岳麓山就在学校背后，大学期间自然是经常前往。尤其是不想待在室内的周末，有时就一个人去岳麓山走走，一般会带一本书，从小路上，从大路回，走累了就坐下来边看风景边看书。不过更多的是和同学一起爬山，和长沙本地的同学爬山的时候，就会听他们讲很多关于岳麓山的奇闻趣事，那时我比较关注这些好玩的趣事。

对于岳麓山的宣传多以文字和图片的形式呈现，此外，还有另一种形式，那就是故事和传说。这些故事和传说往往通过口耳相传的方式，代代流传。例如有同学说原来的大军阀何键任湖南省代省长时，有一次要去为母亲扫墓，官方给报社指定标题为《何省长昨日去岳麓山扫其母之墓》，但因何键名声极差，好事之人为讽刺他，暗中将标题改为《何省长昨日去岳麓山扫他妈的墓》。事情是不是真的，还需要考证，但这种旧闻趣事，正是我当时登山时最感兴趣的。

有时候，我们还会边走边聊一些趣事。例如大家聊起赫鲁晓夫的趣事，说赫鲁晓夫去视察农场，一时兴起站在猪中间拍了张照。待到报纸准备发表时，编辑为照片的标题犯了难：《赫鲁晓夫同志和猪在一起》，这个不太好；《猪和赫鲁晓夫同志在一起》，也不好。第二天报纸印出后，照片下的说明文字是“左起第三位是赫鲁晓夫同志”。这或许也是年轻人独有的娱乐生活吧，喜欢讲趣事，我也喜欢听趣事。现在回想起来，依然感觉挺好玩。

三、复登岳麓山——关注楹联

毕业之后，我参加了工作，在学校教书六七年，阅历不一样，心情自然也不一样了。工作方面是比较顺利的，每天我还会沉浸在一种自豪与满足之中。大学同宿舍的赵一生，当时考回湖南师院读研究生，王秋玲在湖南教育学院脱产进修，我经常会到长沙找二位聊天，到岳麓山的机会又多了起来。但是，几年之后再见到这些同学，我感到十分惭愧。这几年中，虽然我工作一直兢兢业业，但感觉专业水平一直处于原地踏步的状态，很少补充专业知识。而他们一直没有放弃学习，这也给了我很大的警醒。

再登岳麓山，我特别关注楹联的内容，书院里的、庙里的等等，主要是感觉到了阅读的重要性。这些对联大都与为学、教育有关，毕竟岳麓书院传承了千年文脉，例如“地接衡湘，大泽深山龙虎气；学宗邹鲁，礼门义路圣贤心”“业精于勤，漫贪嬉戏思鸿鹄；学以致用，莫把聪明付蠹虫”等。文庙的对联更是让人印象深刻：“吾道南来，原是濂溪一脉；大江东去，无非湘水余波。”受到这些与为学和教育有关的对联的影响，我又开始利用课余时间补充专业知识和教育知识。这也是岳麓山带给我的另一种影响吧。

四、后登岳麓山——关注文化

2018年，我又一次登上了岳麓山。那一年，我56岁。在社会上行走了很长时间之后，感觉自己慢慢老了；经历过风风雨雨之后，已到了知天命之年，但骨子里仍有一种“愤青”的倾向。那次登山，我关注的内容是湖湘文化对中国的影响。

说起岳麓书院，就不能不提起朱熹和张栻。南宋乾道三年（1167年），朱熹应著名理学家张栻邀请，来到岳麓书院讲学。朱熹常与张栻相约，登上岳麓山顶，观看日出。朱熹当时乘船前来，在橘子洲头下船，那个渡头现在被称为“朱张渡”。朱张论道和书院文化成为湖湘文化的重要组成部分。不过湖湘文化在近代还受到了江浙文化的影响。太平天国时期，湘军攻占江浙后，受到江浙文化的影响，湘人渐渐养成了重读书的风气，这一点在《曾国藩家书》中看得更为真切。

“实事求是”是湖湘文化的重要内容，也是我们党的思想路线。受到岳麓书院经世致用精神的影响，曾国藩提出“实事求是”就是“即物穷理”。1917年，湖南公立工业专门学校（湖南大学前身之一）迁入岳麓书院旧址，时任校长宾步程正式将“实事求是”作为校训，将其悬挂于书院讲堂，意在引导学生崇尚科学、追求真理。

我的同学

1977年恢复高考时，为了保证大学招生的生源质量，确保社会公平，邓小平同志力主放开招生的范围，工人、农民、“上山下乡”知识青年、复转军人等都可以参加高考。参加高考的群体中，知识基础最好的当属“老三届”和“新三级”的学生。正因为可以参加高考的群体比较复杂，所以1977年、1978年入学的大学生在年龄方面差异较大。我1978年考上大学，同学的年龄参差不齐，有些人甚至可以算是我的父辈。他们高中毕业时，我们尚未出生，我们的交情自然也会带有“忘年交”的味道。

年龄偏大的同学，相比我们，经受过更多的生活磨难与挫折，有机会考入大学，自然会格外珍惜学习的机会。他们也会将自己的人生经历，包括自己走过的弯路、人生的遗憾讲给我们听。从这个角度看，我几乎是在这些同学的教诲中成长的。隔壁宿舍的王槐，态度总是积极向上，大学毕业之后考上了武汉大学的研究生；段启明，很有智慧，总是给我们讲一些人生的道理，读研之后留在学校当了教师；等等。那时候对我来说，成长的营养一方面来自书籍，另一方面就是来自这些更成熟的同学们的人生经历。

我们宿舍有9位同学。20世纪40年代末50年代初出生的有两人。李玉义，原来是下乡知青，在益阳市某学校当民办教师，教物理。高考时他和自己的学生同场考试，总分未必比学生高，但物理成绩是很不错的，96分。参加高考的时候，他已结婚，爱人是长沙市的一名工人。陈立平，年龄比我大十来岁，生活在农村，很早就结婚了，两个孩子是农村户口。进入大学后，他非常注意锻炼身体，经常去散步，过着一种与世无争的生活。不过他因为上有老下有小，爱人也没有稳定的工作，家庭生活压力较大。上了大学之后家里基本上没有了生活来源，完全靠他的助学金生活。我从他身上能够时时感受到生活的不易。大学期间，他没有考研的想法，毕业之后唯一的愿望就是解决家庭生活困难的问题。毕业后他到一个汞矿工作，单位解决了他爱人的工作问题。我打心里敬佩他们。不过因为他们都没有考研的想法，我们也在一定程度上受到了影响。1982年毕业后，全宿舍无一人报考研究生，这在当时还是罕见的。

20世纪50年代中期出生的也有两人。马松庭，书法比较好，我们毕业证书上的信息就是他写的。当时他是学生会干部，人很随和，经常给我们讲一些爱情故事。可以说，我们最早接触爱情，除了读文学名著，就是源自他丰富的生活经历。他是一个很有趣的人。汤移星，平乡县人，家离长沙很近，同学校的老乡较多，我们经常开他和同乡女同学的玩笑。

剩下4人都是应届生，我们宿舍也是应届生人数最多的宿舍。张良培，毕业之后先是被分配到内蒙古霍林河煤矿工作，在当地的电大教书，后来考上了硕士和博士。他的学问做得最好，后来成为武汉大学的博士生导师，还被评为“长江学者”特聘教授。他情商很高，上大学时与外界交流多，可以说是外交家、活动家。后来我们再见面，感觉他内向了很多。不夸张地说，他不仅是我们宿舍的骄傲，也是湖南师大的骄傲。赵一生，一个很有理想的同龄人，一心想要改造世界，改造社会，要在仕途上有所作为。毕业后他被分配到衡南县一中，也是他高中时的母校工作。后来，他通过考研回到湖南师大物理系，毕业之后到中南大学工作，后来又下海到深圳。我们经常说他是一个“有本事经常换单位的人”。古俊钦，浏阳人，家庭条件好，父亲是当地供销社的领导。他出生于1963年，是我们宿舍年龄最小的一个。他很聪明。我和他在价值观上有诸多相通之处，经常同进出，交流也比较多。浏阳是一个产烟花的地方，他偶尔也会带花炮回学校，我们一起燃放。贺若君，来自湘乡市，一个出名人的地方。

他的父亲是大队支部书记。我们到韶山旅游时，曾到他家做客，感受了一把农村大队书记家的“豪华”。他为人忠厚，毕业后被分配到河南当老师，后来成为一所中学的校长。2012年，我们毕业30周年同学聚会，我问他对当前课改的认识，包括流行的各种教学模式，如洋思模式、杜郎口模式等，他的观点与我的观点很相似。以前我还一直认为自己水平很高，对很多教育现象有自己独特的理解，但那次谈话让我真切感受到我们毕竟是一个老师教出来的，所以对很多事情会有相同的价值判断。

我所在的1978级一班5组还有另外3位同学。成序三，湖南师院子弟，毕业后一直没有见过面，只知道他曾在中国科学院上海光机所工作。同学期间感觉他知识面很广。记忆中有一次他家（住在师院宿舍）搬家请我们组的同学帮忙，印象中他家书很多，当时感叹毕竟是教授搬家。也因为教授、学者家中书多，所以我至今还保留着对他们的敬畏。还有一次是我们在长沙第23中学教育实习，初二物理测试时，有一力学的平衡问题，我们几个人都做错了，却说答案有误，他让我们不要议论，等测试结束后他帮我们解释。还有两位女同学，彭小斐和饶特金。因为年龄上的差距，我很少和这两位学姐说话，只知道她们出身书香门第，家庭条件优越。分小组开会时她俩会来到我们宿舍，我们事先也会把宿舍整理一下。在长沙第23中学实习时我与她俩交流最多。我初为人师，对好多事情不懂，当时得到同组大哥大姐们的很多帮助。

40年过去了，我至今还时时想起我的同学。每个人的生活经历都不同，每个人的性格志趣也有一定的差异，但聚在一起就是一种缘分。当时我们宿舍年纪小的同学占多数，喜欢玩，打桥牌、下象棋的风气很浓，学习成绩属于中等水平，我们在宿舍大部分时间都在讨论下棋打牌的事。从整体上讲，我们宿舍缺少一种积极向上的风气。同届的其他宿舍，大学毕业之后有好几个人考上了研究生，后来有的人成了院士。之所以如此，是因为他们在大学时期就有远大的理想，能够珍惜宝贵的大学学习时光。当他们在阅读物理专著时，我们在打牌；当他们在做作业时，我们在看小说；当他们在做物理实验时，我们可能在找女同学谈情说爱。人与人之间有差距是很正常的。今天所获得的一切，都是过往努力的结果。我们的老师没有差别，但课后的复习巩固有差别；我们的业余时间没有差别，但如何利用业余时间有差别。有时候我也在想，如果当时宿舍有积极好学的领头者，有考研的决心和愿望，我们的今天可能会更好一些。

天性好玩

孩子小时候贪玩，好像是天性。玩耍之余，也会留意周围的人和事，在经历中成长，在生活的琐碎事情中思考人生，思考长大后做点什么。我小时候，通信不发达，报纸往往是几天前的。直到我参加工作，也只有在长沙才能看到有当天新闻的晚报。听收音机应该是当时最快捷地获取资讯的手段。当时很多人都没听说过电视。我第一次见到电视是1971年8月，应该是9英寸屏幕，小小的，记得电视里播的好像是朝鲜电影，远没有看电影舒服。对国家大事的了解，还有一种渠道，就是电影正片放映前加演的新闻纪录片。我10岁那年，尼克松访华。没过多长时间，尼克松访华的一些故事开始在中国大地上流传。比如他去北京的某个小学，出题考小学生，结果学生答对了；还有周恩来总理很聪明，让魔术大师表演，从尼克松那里找回九龙杯。一时间，在我们学生中掀起了一阵认真学习、思考人生的小高潮。记得有一个最经典的问题：人为什么吃饭？答案是我们普通人活着是为了吃饭，而哲学家吃饭是为了活着。都是吃饭，境界不同。我当时的认知水平是能够区分这二者的不同。我们这群不懂事的孩子，因为这个话题好一阵子吃饭都会“停顿”。

长大后，玩已经不可持续了，要读书、要工作才能成长，但玩的天性依然存在。尽管不同阶段人生需求不同，但当一个人有了一定的人生经历后，再遇到人和事，就会生出许多不同的感慨。当然也有些人一生追求不变，比如罗素在《我为什么而活着》中说：“对爱情的渴望，对知识的追求，对人类苦难不可遏制的同情心，这三种纯洁而无比强烈的激情支配着我的一生。这三种激情，就像飓风一样，在深深的苦海上，肆意地把我吹来吹去，吹到濒临绝望的边缘。”

大学期间，除了专业学习，我还有很多印象很深刻的“玩法”。逃课去图书馆自然是经常发生的事。有时候物理系开会，我和舍友不想参加，就让其他同学把我们关在宿舍里，因为宿舍管理员会来检查宿舍，所以门必须锁住，造成一种屋里没人的假象。于是我和舍友便在宿舍里下棋。现在想想，那真是一件刺激又好玩的事情。下棋是宿舍里非常流行的一项娱乐活动，可以说是“下棋成风”，耗去了很多时间。

每天中午最好玩的事情莫过于听长篇评书。吃完午饭后，学校广播站开始通过大喇叭播放长篇作品，有些作品选得好，同学们都爱听。印象最深刻的莫过于单田芳先生的评书，例如《杨家将》等，曲折离奇的故事和他那略带沙哑的独特声音，几乎成为中午最美的享受。这种享受往往伴随着“欲知后事如何，且听下回分解”而暂时结束，同时又对明天的故事充满了期待。听得多了，现在我还能够一下子分辨出单田芳先生的声音来。

夏季周末最好玩的事情就是到湘江里游泳，游过去就是著名景点橘子洲头。不过我从来没有游过去，只在沙洲这边游泳。那个时候没有泳裤，一般就是穿个裤头下水。有一次我游泳时，由于水太凉，小腿竟然抽筋了，我大声呼救，舍友张良培、古俊钦赶紧跑来救我。所幸的是水不太深，在舍友的救助下，我才平安脱险。以后再见到两位舍友，我总要感谢他们的“救命之恩”。

观看篮球赛也是印象中比较好玩的事情。当时娱乐形式比较单一，校园生活相对枯燥，于是各系之间便会组织篮球赛。每当有赛事，男生女生都会到赛场为各自的球队加油助威。物理系人数少，远不如中文系、数学系人多。我们物理学78级的两个同学是系篮球队的，当年学校组织篮球比赛，我印象中物理系的篮球队打进了前四名。

隔一两个月，我们宿舍便会聚餐，时间是星期天。现在一说聚餐就是下馆子，那时候零花钱有限，而且消费观念还比较保守，家里来了亲戚也是在自家吃饭。宿舍聚餐时，我们便凑足1块钱，到菜市场去买菜，然后到宿管大叔那里借刀、借炉子、借锅铲等，回宿舍炒菜。菜品不丰富，味道也不怎么样，但这在当时绝对是非常愉悦的一件事。买菜的时候，我们还会有意地多买一些，给宿管大叔送点，以示感激。

说起聚餐，还有一些与吃饭有关的好玩的事，那就是领糖票和烟票。当时物资较为匮乏，吃穿用品都要凭票购买。考上大学后，户口自然迁入长沙，我有幸享受到与长沙市民同等的待遇。一些副食品的票直接发到饭堂，而糖票可以发到自己手里，于是我们就凭票去买糖，买回来之后也不冲水喝，而是放在罐子里，用手抓着吃。这应该也是物资贫乏年代的一种独有现象吧。记得当时报纸上登了一篇文章，陕西的一个老太太说江青非常腐败，经常坐在床上，左边放着白砂糖，右边放着红砂糖。虽然是笑话，但也可以看出当时的生活条件确实很一般，连吃两种糖都会被认为是“腐败行为”。

除了这些，还有一些好玩的事情，比如讨论女同学、某某的老乡来宿舍串门等，都会引起我们的兴趣。现在想来，当时的物质条件较差，校园生活也不丰富，但我们总是能够发现好玩的事情，甚至会在普通的事情中发现好玩的“因子”。

永恒的话题

读大学时，我最喜欢在图书馆看小说。要说风靡一代青年学子的名著，无疑是苏联作家奥斯特洛夫斯基的《钢铁是怎样炼成的》。书中那句“人最宝贵的是生命，生命对每个人只有一次。人的一生应当这样度过：当他回首往事的时候，不会因为虚度年华而悔恨，也不会因为碌碌无为而羞耻”成为一代人的励志名言。我对这本书情有独钟，除了励志方面的原因，还有书中对爱情的描写。主人公保尔有3次爱情经历。第一次是和林务官的女儿冬妮娅，后因理想志趣不同而分开。但他们之间的爱情，对我们这一代人的影响很大，可以说满足了一个年轻人对美丽爱情的憧憬与幻想。后来，保尔又对省团委委员丽达产生了爱慕之情，不过他们之间更像是革命的友谊。因为一个误会，保尔与丽达分开了。多年以后，保尔再见到丽达时，她已经有了自己的归宿，并生下了一个女儿。在写给保尔的信中，丽达说：“我对于生活的看法并不太拘泥于形式，在私人关系上是可以有例外的（不过，这种情形确实非常之少），如果这种关系是真正由不平常的，深沉的感情所引起的话，你就是应该得到这种例外的。我本来想偿还我们青春的宿债，但是，我还是把最初的愿望打消了。因为我觉得那样做并不会使我们得到很大的愉快。”一时间，“偿还青春的宿债”成为一句流行语。当然，保尔和丽达并没有讨回青春的宿债，这也是爱情中的理智成分。总之，爱情是一代又一代人的永恒话题，也是文学作品永恒的话题。

读大学时，班里的女同学大都比我年龄大，只有一个女生年龄比我小。物理系的女生本来就不多，女生又往往盯着同系或外系的大龄男青年。这些大龄男青年大都具备丰富的社会阅历。而我是应届生考上大学，没有什么社会经历，跟女生说句话都会脸红，自然也就不讨女孩子喜欢了。那时候，我在宿舍经常能够听到舍友们讲述自己的爱情故事，这也引发了我对爱情的憧憬，内心也一直想要学一下怎么样去恋爱，但终因学校明令禁止而失败了。其中有一个舍友给我们讲过一件在图书馆发生的“情事”。当时在图书馆，他对面坐着一个女同学，心痒之下便用脚偷偷地踢女同学的脚，女同学也许是没有在意，也不生气。他就把这件事带回宿舍讲给我们听，我们也戏称该女生是他的“踢脚夫人”。

当时有一个同学叫韩立，这个名字可能不为人知，但他的弟弟却颇有名气，正是著名作家韩少功。韩立就读于湖南师范学院，大学期间领证结婚，这在当时可以说是一件非常轰动的事。他休完婚假回来，同学们都围绕着他问一些私密的话题，例如结婚是什么感觉。韩立的小女儿出生以后，他也会跟我们分享父女平时相处的趣事。

读大学时，我们经常开“卧谈会”。有媒体调查发现，“卧谈会”以37.5%的获选率位居学生最喜欢的校园交流方式的榜首。有意思的是，81%的人承认自己在“卧谈会”上最喜欢讨论的话题是“异性”。有人总结的规律是：女生往往直接从男生开始，最后以吃、穿结束；男生往往从随便一个话题开始，但最后都是以女生结束。不过，20世纪80年代的我们，谈论的话题更为广泛，哲学、诗歌、物理、学术等，都是我们聊天的话题。异性虽不是我们经常聊的话题，但也总有那么几个晚上，“卧谈会”会围绕异性展开。应该说，不论男女，异性都是一个永恒的话题，也是可以让大学生越谈越精神的话题。

为了更多地了解两性知识，我曾经到新华书店买过一本《性的知识》。买的时候我还是挺坦荡的，丝毫不觉得是什么见不得人的事情。买回来之后，这本书开始在各个宿舍传阅。不过当时有不少人觉得男女生恋爱就是一件不光彩的事，谈论性更是罪大恶极。隔壁学校有一个男生，是学校的学生会主席，1957年出生，后来谈了一个1962年出生的女朋友。平时两个人自然是十分隐秘地来往，等到大四的时候才公布了恋情，用现在的话说叫“官宣”。男生当时还是入党积极分子，学校得知他大学谈恋爱的事情后，取消了他的入党积极分子的资格，同时原本可以留校任教的他也失去了留校的机会。这还不算完，等毕业分配工作时，学校还要“棒打鸳鸯”，把他们分配在异地，可能学校觉得这件事影响恶劣。后来听说不服输的他们一起调到了广东，最终团圆，用童话故事常用的话说就是“幸福地生活在了一起”。

由于时代的特殊，学校经常会出现各种各样的情况：有的同学考大学前就结了婚，入学之后带着孩子来上学；有的同学考大学前就恋爱了，考上大学之后嫌弃对象文化水平低，于是闹分手；甚至还有上大学前订婚、结婚，上了大学又“抛妻弃子”，女方从家乡千里迢迢赶到学校闹事；等等。后来国家渐渐开放，大学生在校期间可以结婚了，上演的可能就是另一个版本的戏剧了。特殊的年代有特殊的爱情故事，但爱情这个永恒的话题，还不会那么快过时。

图书馆情结

偶然一个机会，我读到了张五常教授写的一篇文章，题目叫《睡在图书馆的好日子》。他在文章中叙述了自己在洛杉矶加州大学的图书馆睡了两年多的“壮举”。当时加州大学的图书馆每天开24小时，每年开365天，研究生可以申请在图书馆拿到一间小房子，房子内有书桌，有书架，房中有锁，外人不得随意闯入。房内可以沿着对角线睡觉，自带枕头、被褥、清洁用品。睡在图书馆并不是因为穷，而是要读的书太多，借出搬回家，然后再搬回来，很麻烦。反复阅读张五常教授这篇文章，回想起自己在湖南师院读书的日子，我认定原来每一个喜欢读书的人，内心深处都有一种“图书馆情结”。

入读湖南师院后，我最喜欢做的事情就是读书，最喜欢去的地方自然就是图书馆。大一的时候刚入学，对图书馆还比较陌生，经常是按照流程去借书、还书。当时最喜欢读的书就是小说，古今中外的小说，一本本地借出来，读完之后再一本本还回去。这在一定程度上弥补了高中时期无书可读的遗憾。对图书馆熟悉之后，我开始在里面上晚自习，馆里有报刊室，在这里看杂志和报纸，无须履行借阅手续，从书架上拿到座位上即可。不过有时候想看的杂志被人借走了，就只能等人还回来之后再阅读。再后来，我又发现，馆里还有过刊室，摆放的都是过期的报纸杂志。因为已经过了期，馆里常常会有一种淡淡的霉味。正因为如此，喜欢来这里读书的人不是很多。我发现过刊室之后，立刻喜欢上这里，因为在这里可以读到过去的报刊。

大一和大二时，每天的课不多，逃课的学生也不多。我去图书馆主要是利用晚上或周末的课余时间；大三和大四时，我经常会逃课到图书馆看书。不夸张地说，当时在图书馆的阅读量以及养成的阅读习惯，成就了今天的自己。但站在现在的时间点上再看那段日子，我不禁深深遗憾，其实自己并没有好好利用图书馆。当时在图书馆看书读报刊，是自由散漫的，没有计划，想看什么就看什么，更没有围绕某一专题去阅读。记得当时我很喜欢看报纸杂志上的体育新闻。现在想想，这就是在浪费宝贵的读书时间。尽管不能说读那些报纸杂志对自己有害，但至少没有真正促进自己在学业上的进步。

参加工作之后，我先在湖南省衡阳县六中任教，后来到广东省中山市中山纪念中学教物理，在两所学校任教时间长达16年。

我与这两所学校的图书馆管理人员关系非常好，上完课就喜欢泡在图书馆里。遗憾的是，我仍然没有利用好图书馆的资源去开展研究，仍然是在自由散漫式的阅读中度过了很多年。虽然说人在年轻时不可能什么都懂，但有些遗憾确实是难以弥补的。2007年，我带领中山市的骨干教师到东北师范大学培训，为了弥补当年的缺憾，我跟主办方提出给每个参训教师办一张借阅证，参训教师可以自由出入图书馆借阅图书，尤其是周六和周日。用我的话说就是，25年之后，我又重回校园，重温一下当年在图书馆里享受读书的快乐时光。这几年，我也有很多次机会回到湖南师大，也无数次想再去母校的图书馆里看看，但没有借阅卡，一直没有进去过。

后来，我渐渐萌生了一些想法。在和中山市不少学校的校长交流时，我曾提出建立开放式图书馆的想法。这一想法与中山市第一中学王锡文校长的想法完全一致。中山市第一中学利用校友捐赠的资金，购买了大量图书和其他设备，在走廊、宿舍门口等处建立了很多小型图书馆，学校称之为“图书吧”。学生可以随时随地坐下来读书，极大地充实了内心世界。还有另一所学校，有大量的活动教室，每个科组都有自己固定的组织教研活动的会议室，我曾建议这所学校办成“中国图书馆最多的学校”。也许是不谋而合吧，北京十一联盟总校的李希贵校长成功地把图书馆“搬”到了教室。李校长将大量的书送到班级，以前是学生下课后向图书馆走去，现在变成了图书馆在下课后向学生走去。图书管理员会根据每个班级的实际情况，对教室里的书进行动态调整。后来图书管理员慢慢成了专业的阅读指导教师。这些做法，对于有“图书馆情结”的学生来说，无疑是重大利好。

本科毕业之后没有继续读书，我有时也深以为憾。在图书馆里完成了人生唯一一篇毕业论文后，我与图书馆的“深厚联系”慢慢减弱了。当时对于写毕业论文也是一头雾水，系里给我们分配了指导老师，不过从未见过面，也没有对我的论文进行过指导。懵懂的我，选择的毕业论文题目是《中国古代的宇宙观》，这个既像物理学，也像天文学，又像哲学的题目，促使我将以前在图书馆阅读的点点滴滴进行了汇总整合，我不知道毕业论文有什么样的格式，只是模仿以前学生的毕业论文进行写作。论文交上去之后，最终被评为“及格”。我现在还经常对人说：“母校老师欠我一次论文指导。”

应该说“图书馆情结”实际上是“爱书情结”。相信很多老师和我一样，喜欢阅读，更希望在阅读中提升自己的专业水平。如果将我的读书经历当作“反面教材”的话，我希望承担着立德树人责任的老师们不但要加强专业阅读，而且要善于进行“聚焦式阅读”。人的一生很短暂，不可能读完所有的书，那就根据自己的兴趣，选择合适的书，深耕细读吧。

看电影

小时候，我的文化娱乐生活很简单，除了看小人书，就是看电影。那时候看的全是国产片和样板戏，最著名的要数“三战”，即《地道战》《地雷战》《南征北战》。王小波在《旧片重温》中认为，这三部影片并不是文艺片，而是军事教育片。所谓“军事教育片”，我的理解就是电影取材于军事，要起到爱国主义教育、党史教育的作用。偶尔我们也看朝鲜、苏联、阿尔巴尼亚、越南的电影，我感觉这些电影与国产片相比，少了一些模式化的内容和表达，风格也不太一样。王小波还提到20世纪70年代有一个顺口溜，对各国电影进行了概括：“朝鲜电影，又哭又笑；日本电影，内部卖票；罗马尼亚电影，莫名其妙；中国电影，《新闻简报》。”其实，把中国电影比作《新闻简报》，是有点偏颇的。

我最早看的朝鲜电影是《卖花姑娘》。印象中我是晚上看的，大人和小孩集中坐车到县电影院观看。电影讲述的是20世纪30年代出身贫苦家庭的花姬、顺姬的悲惨命运，表达了人们对黑暗社会的痛恨和对幸福生活的憧憬。也许是电影主人公的故事引起了观影者对旧社会生活的回忆，来看电影的人都泣不成声。因为我年龄小，也没有经历过旧社会的生活，所以体会不到电影想要表达的思想，于是孩子气地涂点口水在眼睛上，装作是哭过的样子。

后来，还有两部电影让我印象很深刻。一部是阿尔巴尼亚电影《第八个是铜像》，电影改编自阿尔巴尼亚著名作家、诗人阿戈里的作品。影片以倒叙的形式，讲述了主人公的7位战友扛着他的铜像去他家乡，7位战友都回忆了一段自己的战绩。不过我当时还看不懂这种回忆与现实交织的手法，而且一直疑惑为什么死了的人还能说话。

另一部是罗马尼亚电影《多瑙河之波》。上述的顺口溜还有一个版本是："越南电影，飞机大炮；罗马尼亚电影，又搂又抱。"所谓"又搂又抱"是针对这部而言的。电影说的是在罗马尼亚解放前夕，地下党托玛为了从敌人手中搞到军火，混进了囚犯队，被港务局挑选去一艘船上当水手。船长米哈依富有爱国心，刚刚和妻子安娜结婚。在托玛的影响下，米哈依夫妇认清了正确的道路。后来，托玛在米哈依的帮助下，除掉了押运军火的德国兵，将军火送给了游击队。不幸的是，米哈依在战斗中牺牲了，托玛走向新的战斗。我对这部电影之所以印象深刻，是因为片中出现了米哈依和安娜接吻的镜头。不知什么原因，这个镜头没有被删去，于是有人形容每次放映的时候，“影院全场鸦雀无声，安静到连暖气里回水的声音都能听到”。不过在农村放映时，这个镜头还是被删减了。村里的孩子看不到“原貌”，就搭车到省城去看，据说省城的电影是没有删减的。除了接吻镜头，影片里的其他片段，例如黑暗中米哈依抱着安娜大叫“我要把你扔到河里去”，米哈依临死前对托玛说“告诉你一句话，安娜是个好姑娘……你要好好照顾她”等，这些片段和台词，在那个年代可谓是石破天惊，原本描写战争、展示硬汉形象的电影，阴差阳错地成为特定时代的爱情教科书。

要知道，20世纪六七十年代，国人的思想还是比较保守的。有一次在乡下外婆家看一部芭蕾舞电影。当演员跳芭蕾舞时，裙裾飘飘，而所有看电影的人都哈哈大笑，放映员则大声提醒：“观众不要笑，演员是穿裤子的。”

上大学期间，每周六和周日，学校都会放电影。我们都是搬着凳子到操场看，每场电影票价是几毛钱。湖南师院和湖南大学相毗邻，两校学生经常串门看电影。现在看来，在大操场看电影，成为当时最为宝贵的人文教育。时隔多年，我现在想来还觉得那段时间特别珍贵。大学期间只需要花费很少的钱，就可以看七八十场电影。这些电影对人一生的影响是很大的。既然电影是售票的，观影处常常用绳子隔开。到绳子里面观影要买票，可以坐在凳子上看；在绳子外面观影不用买票，但只能远远地站着看。有一次看香港电影《三笑》，这是一部搞笑片，其中还穿插一些流行歌曲。看电影的时候我听保卫处的人说："这些电影简直是毒害学生，我都看到外面有男女同学居然搂搂抱抱。"我对保卫处人员的评论不以为然，总觉得他们的思想还停留在过去。

后来有一批"文化大革命"前拍摄的电影重新上映。我对《柳堡的故事》《战火中的青春》印象比较深刻。《柳堡的故事》讲述的是一对年少恋人在抗日战争时期先国后家的爱情故事。当时印象最深刻的就是饰演二妹子的演员，特别清纯。《战火中的青春》讲高山女扮男装投身革命的故事。在一次营救战友受伤之后，大家才知道她是女的。影片没有刻意回避高山的性别特征，反而以大量的细节表现高山的女性本色。从这些影片中，我也看到了当时社会对爱情的态度。

1982年，武侠电影《少林寺》上演。电影是内地与香港一起拍的。放映前，剧组做足了宣传工作，放映前几个月就通过各种媒体向公众介绍。电影在长沙上映时，很多人算好时间，连跑几个电影院进行"二刷""三刷"，我和几位同宿舍的同学就是赶到长沙市河东的电影院连看两场。看多了以革命斗争为题材的影片后，突然看到这样一部武侠电影，我感觉还是很新奇的。

中日关系正常化之后，我们也偶尔会看日本电影。顺口溜中说的“日本电影，内部卖票”，指的是以前的日本电影带有“内参”的色彩，不能公映。后来，日本电影也可以公映了。记得有一部大片叫《追捕》，主人公由日本著名电影演员高仓健扮演。有一段电影台词“你看，多么蓝的天啊，走过去就会融化在蓝天里，一直往前走，不要看两边，朝仓跳下去了，唐塔也跳下去了，现在轮到你了……”风靡一时。还有一部电影叫《金环食》，讲的是日本官员与商人勾结，贪污腐败的故事。不过这种表现商场上钩心斗角的电影，当时的我怎么都看不懂。

现在想来，那时我能够看懂的电影是敌我分明的战斗影片。小孩子在看电影时总会问“谁是好人”“谁是坏人”，在孩子的思维中，好和坏、敌和我是二元对立的，故事就是在双方的斗争中展开的，最后的结局一定是好人战胜了坏人。对于《少林寺》而言，我虽不清楚背后的历史故事，但基本的故事情节还是能够看懂的。但是对于反映复杂人性的电影，或者是采用了特殊的表现手法的电影，我就真的看不懂了。当然，不管那时候有没有看懂，这些影片已经成为我人生的宝贵记忆。

保留一点怀疑精神

我总感觉，我在大学期间的人文教育是缺失的。湖南师范学院虽然有理科和文科专业，但是文科专业的科学教育和理科专业的人文教育都是缺失的，院系与院系之间没有多少联系，学生也不会跨系选课。其实，这种现象在当时的中国大学教育中是一个普遍存在的现象。即使是我们这群物理系的学生，也很少学到科学史知识。

我们这一代人缺少系统的人文教育，尤其是中华传统文化方面的系统教育。了解这方面的内容主要是通过碎片化的途径，有的来自父母的言传，有的来自教师的教学。这些碎片化的人文知识彼此之间虽没有逻辑的联系，但我认为应该有一些怀疑的精神。

老师用“凿壁偷光”的故事教导我们要努力学习，我们却很少怀疑“凿壁”的合理性。还有“囊萤映雪”，那需要捉多少只萤火虫，才能够发出起读书需要的光亮？一个人真的可以在雪夜里靠着积雪的反光看清书上的字吗？其实呢，很多故事都是主人公成名之后虚构出来的，甚至还会有开玩笑的成分。那个囊萤夜读的主人公车胤，曾祖父当过孙吴的会稽太守，父亲官至吴郡主簿，这样的家庭难道需要小孩子用萤火虫照明的方式来读书吗？

后来读书多了，我就一直在思考“历史是谁写的”这样的问题。司马迁写《史记》，记录下来的事情都是真实存在的吗？史书中有没有记录不准确的内容？直到我读到了顾颉刚先生的“层累地造成的中国古史”观点，才逐渐明白“时代愈后，传说的古史期愈长”“时代愈后，传说中的中心人物愈放大”这一道理。我们即使不能知道某一件事的确切状况，但是至少可以知道某一件事在传说中的最早的状况。

历史就是历代人的不同观点、不同叙述层层叠加而形成的。我愿意接受这一观点，也能够解开我心中的疑惑。当我接受这一观点之后，再来看这些人文故事的片段，就会发现一些名言、论断等，实际上是另有用意的。

例如荀子的《劝学》中有“蓬生麻中，不扶自直”的名言，说明生长环境之于一个人成长的重要性。得出这个结论时，荀子讲了南方一种叫“蒙鸠”的鸟的故事，说这种鸟是用羽毛做窝，用毛发将窝编结起来，系在芦苇的花穗上。风一吹，苇穗折断，鸟窝坠落，鸟蛋摔烂。

荀子借此说明，不是蒙鸠鸟的窝造得不完好，而是所依靠的芦苇不牢固。问题是蒙鸠鸟真的是将窝搭建在芦苇上吗？它怎么会这么傻呢？看过一些资料后，我终于发现，蒙鸠鸟根本就不把窝搭建在芦苇上。这个故事显然是身处北方的荀子虚构出来的。虽然其虚构的目的只是阐述某种道理，但事情本身不真实，阐述的道理还有“道理”吗？

保留一点怀疑精神，本身并没有错，但怀疑不是胡乱猜疑，而是要有事实和逻辑的依据，不能用别人的思考代替自己的思考。没有建立在事实与逻辑基础之上的判断，自然会出现一会儿相信这个，一会儿相信那个的情况，导致对同一个事物、同一种观点的看法莫衷一是。

就拿圣人孔子作例。在我看来，孔子作为中华民族文化符号，是不能去玷污和扭曲的，而且这一符号是“历史层累”造成的，是一代又一代人的思想与阐释累加的结果。就像英国人讨论的关于莎士比亚的话题，莎士比亚作为一个文学符号，也是历史累积的结果。同时，孔子还是一个真实的人，就像隔壁真实的老头，一个活生生的有血有肉的人。作为一个人，他也有自己的局限之处，也有无法超越时代整体认知水平的一面。

我们在对孔子及其言论进行阐释时，就不能罔顾历史、罔顾逻辑、罔顾时代。后人有时出于“为尊者讳”的缘故，给孔子贴上了某种标签，这恰恰是忽视孔子作为一个普通人的表现，而过于重视其作为文化符号的存在价值。

同样的例子还存在于老子身上。老子说："治大国如烹小鲜。"通常的解释是说治理大国就像是煮小鱼一样，不能翻来翻去，要给予人民休养生息的机会，顺其自然，不要经常折腾老百姓。但实际上，我们对这句话产生的误解，主要来自"烹小鲜"的比喻。

如何烹小鲜，那是后人创造的。例如粤菜有粤菜的做法，川菜有川菜的做法，不会只有"不翻动小鱼"这一种做法。做鱼的方式很多，对于"治大国"的隐喻意义自然就会有很多。

实际上，"小鲜"指的是小黄花鱼，这在当时是十分珍贵的，不能经常吃到，普通人更是无从获取。老子这句话肯定是针对统治者来说的。他意在告诫统治者，不是每个人都有机会来治理大国的，要珍惜这来之不易的治理机会。

我想表达的意思是，人不能没有一点怀疑精神，即使在一个崇尚信仰的年代，也应对一些观点甚至事实保持警惕。但怀疑要建立在事实和逻辑的基础之上，而且怀疑之后，要想办法进行论证或验证，不止步于怀疑，或提出新的解决问题的思路，或提出对事实和观点的新的解释。

怀疑和验证，均要以知识作为基础。也正在这个意义上，我认为懂古文字学的人很了不起。他们在看典籍的时候，能够回归文字的源头，从文字本义角度阐释事实和观点的原意，从而减少了“历史层累”所带来的迷雾和偏差。

普通人与学者相比，虽然在专业方面存在一些劣势，但可以通过多去思考、多去阅读和比较等方式，迂回地靠近历史的真相。一个人的想法有缺憾，两个人的想法有疏漏，但许许多多的人，几代的人付诸努力，再加上不断发展进步的科学技术，普通人破除“历史层累”迷雾与偏差的手段只会越来越多。

但无论如何，怀疑精神与不断验证自己的思考，永远是促进个人与社会进步的重要方法之一。

我在故我思

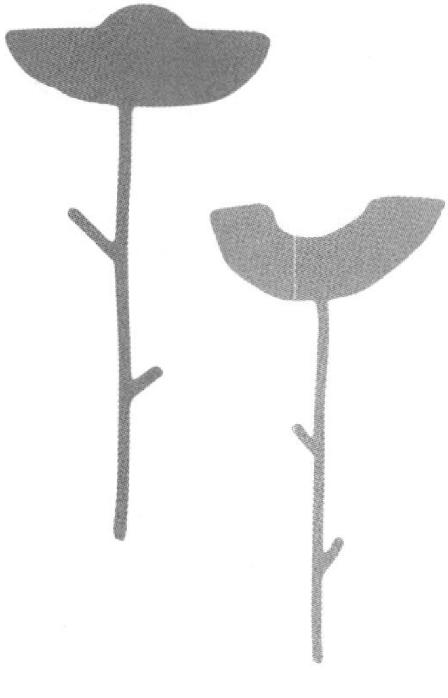

谁会讲故事，谁就拥有世界！

——柏拉图

人学了那么多，终归是要把所学的知识转化成对人对事对物的一些看法，用以指导自己的生活，甚至影响他人的生活。

人是什么？人就是他所吃的东西。人是什么？我认为人是他思想的全部。有些人用艺术表达，绘一幅画、唱一首歌；有些人用文字表达，写一首诗、写一篇文章；也有些人用口头表达，就是编成故事。无论哪一种表达，当你以某种独特的方式将它们留存下来，你就拥有了世界。

一个人有冰山之下和冰山之上两种形态，生活化的故事作为载体将一些想法由隐性变成显性的东西，可以让人看到冰山之下，但是冰山之下的东西是需要懂得才能看清看明，那是生活的“思想性”。

人是会思想的动物。不管是来自道南的玄思，还是大学的专业及人、事，甚至是岳麓山下的梦与歌，所有的社会行为背后都有思想层面所赋予的意义。正如克罗齐所说，思想作为行动才是积极的，思想既不是对实在的模仿，也不是装实在的容器。生活本身可以是有趣的，思想层面却又是有意义的。

我在故我思，此刻。

进化戏谈

我一直不相信人是猴子变的；若是，今天的猴子怎么没变成人？被告知，没有足够长的时间。不对，从远古至今有足够长的时间，我们每天都应该看到有一批昨天的猴子进化成今天的人。又被告知，已经没有进化的条件。难道今天的条件不适合人类生存、猴子进化？

后来我才知道，进化论是对生命起源和发展的假说。达尔文从来没说过人是从猴子变的。进化论否定了神创说，有自然选择、逐渐变化等丰富的专业内容，在这里不存在“乱拳打死老师傅”一说。进化的核心是自然选择，选择的结果是适者生存。人不是为了进化而生存，而是为了生存而进化。有些可以进化，有些想进化都难，甚至不可能。

技术可以进化。技术是人类生存发展的方式，因为技术的基础是人类的知识。知识可以不断积累，就像牛顿可以站在巨人的肩膀上一样。比如制造车的技术，从独轮车到牛车，从火车到动车，就是一个典型的技术进化。现代铁路两条铁轨之间的标准距离是1.435米，是因为早期的铁路是由建电车的人设计的，沿用了电车的轮距标准。而造电车的人以前是造马车的，所以电车的轮距标准沿用马车的轮距标准。英国马路辙迹的宽度是1.435米，这也是征服欧洲的罗马战车的宽度，是牵引一辆战车的两匹马的屁股的宽度。这就是进化的痕迹。

智商不能进化。有一种声音认为，普通人的大脑只使用了10%，剩下的90%还有待开发。我不认同。你能想象，当你遇到问题百思而不得其解时，你的大脑竟然有90%在消极怠工。有一些经典的问题，多少代人回答起来结果都差不多。20世纪70年代，我读小学时，美国总统尼克松访华，来到北京一所小学参观，出了道题，要求用四则运算：3个5，1个1，怎样组合才能等于24。我们学校很多同学都接受挑战，能做对者很少。我国第八次课改，把这道题收入初中数学教材，据说有一些老师也做不出来。研究高考的人都会知道，生题考能力。如果在考试中出一些未曾被授课老师反复训练的题型，用于考验学生的独立思考能力，每届学生的得分都差不多。

境界不能进化。做人讲修养，做人要有格局，这些不可能进化，即便站在巨人的肩膀上，也不能增加自己的高度。近日又读《庄子·山木》，记下文中所说：“方舟而济于河，有虚船来触舟，虽有惼心之人不怒。有一人在其上，则呼张歙之；一呼而不闻，再呼而不闻，于是三呼邪，则必以恶声随之。”空船撞你，有火也发不了，有人在船上则不一样，喊几次就会骂。2000多年过去了，现在人的境界何尝不是如此。庄子的空船寓言，依然还可测试人类的格局。诚如王羲之所言：“后之视今，亦犹今之视昔。”

用这个观点考察教育，就更有意思了。教育的很多内容是可以进化，而且必须进化的。但也有一些内容，是无法进化，也不需要进化的。

聪明人处处有用

大概十三四岁的时候，我到乡下外婆家。外婆家有一个阁楼，里面放着我母亲上学时读的一些书，有教材、小说等，不过数量不多。有一本书引起了我的兴趣，那是一本苏联人编写的类似于现在的智力测验的书，内容就是一些趣味类、智力类的题目。这本书引起了我极大的阅读兴趣，我开始做书中的题目，不断挑战自己的智力。书中有一篇标题是《聪明人处处有用》，应该说，这个标题影响了我的一生。后来读高中，上大学，选择物理学专业，都跟这段经历有关。2007年，我到东北师大进行了20天的培训。主办方设计了一个方案，就是把参加培训的老师当成学生，每个老师发一张图书卡，可以到图书馆自由借阅图书。我在培训之余，最喜欢的事情就是泡图书馆。或许是出于怀念，或许是出于感恩，我一直想在图书馆里找到那本苏联人编写的智力测验的书。遗憾的是，我去了几次图书馆，也没有找到。

书虽然没找到，但我对那个标题，至今念念不忘。

聪明人处处有用，那究竟有什么用呢？在我看来，最大的用处在于解决问题。所谓“聪明人”，主要指的是拥有某方面知识的人。刘备三顾茅庐，一直躬耕于南阳的诸葛亮头头是道地分析了天下大势，这是因为他掌握了当时社会的知识。不过有的人虽没有太多知识，但也很聪明，他的聪明在于思维方式，即他有异乎常人的分析问题、解决问题的思路。如果一个人既有知识，又有过人的思维能力，这个人就是一个有智慧的人，而不仅仅是一个聪明人了。

20世纪60年代末，杨叔子院士曾在农场改造。有一天晚上，工宣队让他第二天去打猪草、猪菜。他没养过猪，没干过这方面的活，不认得哪个是猪草，哪个是猪菜，手上更没有养猪的书，又没有机会向别人请教，这下可难坏了这位机械工程专家。那天晚上，杨叔子辗转反侧，终于想出了一条妙计。第二天上午，没用半天，他就把猪草、猪菜全打了回来，交给了工宣队。工宣队的师傅问：“是你打的吗？”“是我打的！”“你怎么会打猪草，你认识猪草、猪菜吗？”杨叔子恭恭敬敬地讲：“这件事不难，把猪赶出去，猪吃什么，我就打什么。”

对于杨叔子院士来说，他面临的问题是“打到猪草”，按照人们的惯性思维，必须首先知道什么是猪草、它长什么样、怎么辨认。实际上，“什么是猪草”是一个概念与定义问题，“长什么样”是一个事物的外在表现问题，这些都属于认识论的范畴，即要回答“哪种草是猪草”。但杨叔子院士面临的真正问题不是认识论的问题，而是措施论的问题，即如何才能打到猪草。措施论的问题，很多时候可以跳出认识论的环节，直接进入解决问题的环节。“把猪赶出去，猪吃什么，我就打什么”，这样的措施并没有解决最初的认识论的问题。当然，在解决的过程中会逐步积累关于猪草的知识与经验。如果要从更深层的角度去分析，猪为什么会吃那种草而不吃别的草？猪的这种习性是自然选择的结果还是人们有意识规范与选择的结果？或者说，猪是天生就吃这种草，还是人们习惯于让猪吃这种草，从而让猪具有了某种选择习惯？这就又是更为复杂的科学问题了。

而杨叔子院士得出了一个结论：“思维方式是十分重要的，事业的成功与否、生活能否过得幸福，莫不与思维方式和思维水平有着极为密切的关系。”是的，一种是认识论思维，一种是方法论思维。

也有人据此提到，乡村中的蛇郎中就是运用“天赋狗权”找到蛇药的。方法是把狗赶到蛇多的地方，蛇咬了狗，狗赶快去找某种草，咬碎了敷在伤口上，以解蛇毒。这其实也是一个把认识论的问题转化为措施论的问题，最终落脚在解决问题。

规则能变通吗

不管对中国男足有多失望，我还是控制不住自己的热情去关注他们。我从来没骂过他们，因为我从未对国足有一点点贡献：没有让儿子学踢足球，没买过足球运动员代言的品牌商品，甚至没买过足球比赛的票。但作为一个资深球迷，我一直在想怎样能帮上国足，有时还会想想如果自己有“球神”附体，还可到现场助国足一脚之力。有一天，我忽然脑洞大开，想到一个好的计策：改变游戏规则！比赛时多加几个足球，还不行的话就把足球场变大，上场人数不限，我们人多总能赢。可惜规则改不了，专家说了球多也不一定能赢，人多了没人跟你玩。

是啊，游戏规则的制定，需要遵守公平、公正、公开的原则，同时也需科学合理，并且大家都要遵守，否则玩不下去。其实人类社会的正常运行也是需要规则的，敬畏规则应该是每个人应有的态度。春秋末期，因为“礼崩乐坏”，社会动乱，结果周王朝玩完了。孔夫子相信“礼者，天地之序也”，因此周游列国，传播周礼，想通过“礼”来重建社会规则和秩序。

规则如此重要，那么规则能变通吗？有些人认为，规则是死的，人是活的，要善于变通，敢于突破。网上有一道某个公司面试问题：“和异性同事出差，天已经很晚了，宾馆只剩一个房间，房间里只剩下一张大床，你怎么办？”被录取者是这样回答的：首先我不会住这样的房间，我会和异性同事商量，去找第二家宾馆。如果第二家宾馆有两个房间，那么我们就在第二家宾馆住下。如果第二家宾馆也剩下一间，那么我只需要和异性同事一人住一个宾馆就好了。面试官认为，有些求职者太过于纠结了，思路限制在那家宾馆的一间房。其实做事就是这样，退一步想想，也就有很多的解决办法了。

有些人则这样认为，没有规矩，不成方圆，规则定了，就要遵守，否则就会乱套，对许多人不公平。面试题问只有一张床怎么解决睡觉问题，求职者不能改变题设规定回答问题，而被录取者这次因变通而获得好处，下次在工作中可能就会受到惩罚。一个社会若允许变通规则，而无规则意识，一定会给社会正常运转带来麻烦。曹操可以“割发代首”，其他官兵难道就不能逍遥法外？规则需要完善，每一次国家法律法规的修订就是完善，每一次乡约民规的修订也是完善。比如足球比赛规则，最早是1848年的“剑桥规则”，没有越位一说。到了1874年，《足球比赛规则》对进攻方向前传球时接球运动员允许站到的位置做出严格限制。从那以后，越位规则不断完善。业内人士认为，没有越位规则的制定及完善，就没有足球运动的今天。

小学奥数有这样一题："1瓶汽水1元，两个空瓶子可以换1瓶汽水。问：10元能喝多少瓶汽水？"有一类老师教学生的答案是，能喝19瓶，还剩1个空瓶。另一类老师教给学生说，能喝20瓶，喝19瓶太死板，不会变通，可以找店老板借一个空瓶，换1瓶汽水，喝完后再把空瓶还给店老板。同一道题，两个答案，谁对谁错？若是作为小学数学题，19瓶是对的，试题的条件没有借瓶的规定，不能变通题设来作答。若是在现实生活中，因无规定不允许借，只要有能力借到，一定可以喝到20瓶。若是从商品价值来判断，1瓶汽水1元钱，瓶5毛，汽水5毛。10元可以换20个空瓶，也可以换20份无瓶的汽水。

规则能变通吗？我以为规则一经确定，全体成员应该共同遵守，若能变通，则意味着有些人可以不遵守。若遇到像喝汽水的问题，也要依据事情的价值判断，确定一个规则遵守，否则就会出现古希腊"半费之讼"的情况。

圣人也是人

子曰："君子不重，则不威。"生活中有些领导或长辈总喜欢端着个架子，高高在上，或是表现出城府很深的样子。小时候我偶尔读点圣贤之书，老师讲的"之乎者也"好多还不理解，觉得个中学问大了去啦，因此对圣人充满了敬畏，总觉得孔子、孟子都是些不食人间烟火的圣人。我很认同一位学者领导的观点，读《论语》要有现场感，把自己想象成孔子的弟子，与老师、同学共同讨论问题，你一句我一句，也蛮有意思。不惑之年后再读孔子，尽量不读复杂，不读神秘。读着读着，觉得这老头就像是隔壁有学问的大爷，有时固执，有时滑头，有时风趣。

由于文化的不同，耶稣有女追随者，孔子却没有女弟子。从人性的角度思考，苏格拉底怕老婆，我认为孔子也怕老婆。没有痛苦的经历，怎么能说出"唯女子与小人为难养也"。孔雀开屏，植物开花，爱美之心人皆有之，才有"战争和爱情是永恒的话题”一说。不要以为孔子只讲仁和德，老夫子也爱美，只是有点滑头，弟子当然明白。孔子见南子，子路不高兴。孔子发誓说：“予所否者，天厌之！天厌之！”想一想《论语》是孔子的弟子及再传弟人辑录孔子及其弟子言行的书，那么弟子及再传弟子编辑时，应该已经照顾到了老师的面子。

“吾未见好德如好色者也”在《论语》中出现两次：一次是在《子罕》篇中，一次是在《卫灵公》篇中。这句话应是孔子观察当时人之后发出的感叹。收录者也特有意思，在第二次出现的时候加了“已矣乎”，不知孔子在思考永恒人性时，是不是忘了本能和觉悟的区别，只好叹息说，从未见过喜欢道德如喜欢美色的人。老夫子有多纠结，平时肯定说了好多遍。孔子在《礼记》里讲：“饮食男女，人之大欲存焉。”这真是句大实话，尽管很通俗，讲的却是生存和发展的大事。

读《论语・乡党》，才发现对于吃，夫子是很讲品位，很重视饮食礼仪的。按现在的说法，孔子是一个有讲究、有文化的“吃货”。例如“食不厌精，脍不厌细”。孔子对吃越有要求，越讲究，越说明他食人间烟火。可以想见，弟子们记录老夫子吃饭时这么多不食，可见平日里孔子有多挑食。我很好奇，谁做饭给他吃呢？数百年后的《吕氏春秋》记录孔子穷乎陈蔡之间，颜回做饭而发生的一个小故事，使孔子发出“眼见不一定为实”之感，可见平日里应该是女人或下人做饭吧。按照今天的投射理论，她们不可能不认为孔子难伺候。尤其是吃饭时说几句话，睡觉时聊几句天，也被要求“食不语，寝不言”，人家心里肯定想：隔壁这个有学问的老头还真是个怪老头。

孔子“至圣先师”的名号是后人封的，有统治的需要，也有想象的成分。如果将孔子还原为人，我们就可以读出一个可爱的孔子。

我们都是信使

美国前总统布什任州长时，曾在一本《致加西亚的信》的小册子上签名并写上“你是一位信使”，赠送给所有的部属。

《致加西亚的信》是一位叫埃尔伯特·哈伯德的人为1899年3月的《菲士利人》的小杂志写的一篇评论。这篇文章一发表就引起了轰动，要求加印的订单不断，最高的达100万份。至今，该书已被世界200多个国家和地区翻译成各种版本。

这是一篇什么样的文章？为什么这么多人感兴趣呢？

1897年以前，古巴人民为摆脱西班牙的殖民统治，一直坚持不懈地斗争。到了1897年，在哈瓦那的大街上，古巴民族主义者和西班牙士兵之间的冲突引发了骚乱。美国总统麦金莱派遣“缅因号”战舰进驻古巴，向西班牙政府宣称，美国将致力于保护自己在古巴的利益。然而，1898年2月15日，“缅因号”战舰突然爆炸沉没，麦金莱总统向西班牙政府发出最后通牒，要求其撤出古巴。4月，美西战争爆发。

就在对西班牙宣战前夕，美国需要与古巴起义军合作，并且要联系起义军领袖卡利斯托·加西亚将军。此时加西亚正身处古巴深山中，没有人知道他的确切位置，西班牙军队也在全力追捕他。

麦金莱总统问美国军事情报局局长阿瑟·瓦格纳上校：“在哪儿能找到一个可以帮我把信送给加西亚的人？”

瓦格纳毫不犹豫地对总统说：“有这么一个人，一个年轻的中尉，名叫安德鲁·萨默斯·罗文。如果说有人能把信送给加西亚，那么这个人就是罗文。”

一个小时后，瓦格纳上校对罗文说：“一定要把信送给加西亚将军。”而罗文顺利地将信送给了加西亚，并给麦金莱总统带来了回复。

在埃尔伯特·哈伯德的那篇文章中，有一段我认为是应该特别强调、再过多少年也不会褪色的文字。

麦金莱总统将一封写给加西亚的信交给罗文，罗文接过信，并没有问“他在哪里”。

我觉得，年轻人需要的正是这种能让他们坚持向上的敬业精神，让他们能够忠于责任，行动果决，集中精力，全心全意地去做一件事——就像罗文把信送给加西亚那样。

现在应该明白，为什么这么多人对这篇文章有兴趣，因为他们都在寻找罗文这样的人：一个接到命令就立即行动的人；一个不找借口，无须讨价还价的人。

阅读同样一篇文章，不同的人有着不同的解读。在阅读这篇文章时，人们除了关注送信人罗文和他的行为品性，是否还有其他关注点呢？每个人在与他人的社会关系中，会有不同的角色：可能既是儿子，也是父亲；既是领导者，也是被领导者；既是寻找送信者的人，也可能是送信者本人。

可能有人质疑，为什么罗文不问："我怎样才能找到他？"

我认为有人质疑是合理的。上司这个角色应该尽可能为下属完成任务创造条件。事实上，瓦格纳上校把任务交给罗文时，已经把军事情报局所能提供的帮助都做到了。而罗文没有问加西亚在哪里，也是合理的，他只要做自己该做的。如果没有瓦格纳上校的识才，也不会有罗文的成就；如果没有上司和下属之间的相互信任，也就没有罗文不问上司任何问题就去送信。

下面这个故事是我参加中山市三乡镇某中学教学评估时，在教师座谈会上一位刘老师说的。

刘老师也是从外地调来的老师，平时工作兢兢业业，学生很喜欢他。有一天早上上班迟到半小时（当时通信没有现在发达，没有来得及请假）。上午9点多钟，校长找到刘老师，见面第一句话就问刘老师家里有什么困难，说出来，学校帮你解决。其实这天早上刘老师的爱人突然生病，送到医院留医，小孩又要上学，忙里忙外，耽误了上班的时间。让刘老师感动的是校长从老师上班迟到的现象中，解读出的是老师家庭一定有困难，需要帮助。

1932年诺贝尔文学奖获得者、英国作家约翰·高尔斯华绥说过："人受到震动，有种种不同：有的是在脊椎骨上，有的是在神经上，有的是在道德感受上，而最强烈、最持久的则是在个人尊严上。"

阅读常常会让你有意想不到的收获。请你问问自己：在被你领导的人群中，有罗文吗？你有机会发现他们吗？你为罗文创造了什么样的平台和空间？你的单位给罗文提供了合适的成长氛围吗？

同时你也要问问自己：你能把信送给加西亚吗？你具备什么样的能力，一定能成功把信送到？有时只有自信，恐怕还不够。

事实上，每个人都渴望成功，渴望做最好的自己。"当我们可以选择做优秀的人时，为什么要甘于平庸呢？"

我们总是习惯于为自己的不成功找借口，那么，请你从自己主动改变开始，改变自己或许可以从阅读开始。

由罗文这位信使，我想到了早年读过的一篇印象深刻的文章。

这篇文章的题目为《花剌子模信使问题》，是王小波写的。王小波在文中引述了一个故事：中亚古国花剌子模有一种古怪的风俗，凡是给国王带来好消息的信使就会得到提拔，给国王带来坏消息的人则会被送去喂老虎。于是将帅出征在外，凡麾下将士有功，就派他们给国王送好消息，以使他们得到提拔；有罪，则派他们去送坏消息，顺便给国王的老虎送去食物。

时代总是在发展，如今像花刺子模国王这样的暴君已然消失，但内心世界里残留着花刺子模国王这种思想的人依然存在。知识分子要做什么样的信使，不仅仅是一个学术态度问题，还是一个极为现实的良知抉择。一个健全的社会，之所以能够健全，是因为存在着一批勇于做坏消息信使的知识分子。就像柏拉图的《申辩篇》中苏格拉底对雅典人的自白那样："我是神特意赐给本邦的一只牛虻，雅典像一匹硕大又喂养得很好的马，日趋懒惫，需要刺激。神让我到这里来履行牛虻的职责，整天到处叮着你们，激励、劝说、批评每一个人。"

确实，作为信使，我们当然需要能够"把信送给加西亚"的罗文，他们诠释一种积极向上的人生态度；同时，我们也需要像自称为"牛虻"的苏格拉底那样的知识分子，他们以实际行动彰显着"富贵不能淫，贫贱不能移，威武不能屈"的高尚品质。

正是从这个意义上而言，我们每个人都是信使。

从孔子的“弦歌不辍”说起

从古至今，智者一般都有趣。孔子给后人的印象是一位严肃的长者。其实，当他在匡被“宋人围之数匝”时，仍“弦歌不辍”。可见，他还是很有趣的。孟子则更加有趣，竟敢忽悠齐宣王，用逻辑自洽的套路，给齐宣王下套，搞得“王顾左右而言他”。

古今中外，智者一般都很天真。古希腊的智者泰勒斯，仰望星空时，掉到坑里，被救上来后，第一句话却是：“明天会下雨。”孟子也非常天真，看《尚书》，读到周武王讨伐纣王，发生血流成河、连舂米的大木棒都给漂走的事情，大声说道：“仁人无敌于天下，以至仁伐至不仁，而何其血之流杵也？”他天真地以为仁者可以不流血或者不必流那么多血就能获胜。从此，后人记住了“尽信书，不如无书”。

智者的有趣和天真，成就了文化的“有意思”。若没有小男孩天真的一句“他什么也没穿”，想必《皇帝的新装》也就没啥意思了。然而有趣和天真的背后是什么呢？是文化的“有意义”，是以文化使人形成良好的价值观和正确思维的方式。

文化是创造也是传承，更多的时候是在传承中创造，也就是“接着说”。比如“尽信书，不如无书”。孔子有曰：“疑是思之始，学之端。”孟子是这样想的：既然仁者无敌，武王伐纣就不会流血，《尚书》说流了很多血，所以《尚书》写错了。《尚书》既然有错，则《尚书》不可全信。孟子虽有点偷换概念，但方法没毛病，结论也成为历史的经典，这告诉后人对待任何事情，要有质疑精神。朱熹接着说：“读书无疑者，须教有疑，有疑者，却要无疑，到这里方是长进。”后来的学者陆九渊继续深化这一观点，他说：“为学患无疑，疑则有进，小疑则小进，大疑则大进。”

现在，中国学生发展核心素养有了“质疑”的维度。对传统文化中的质疑精神的传承，应体现在对中国学生质疑素养的培育方面。我们知道，当儿童自我意识增强，想不受大人控制，形成独立思维时，就会进入人生的叛逆期，表现出怀疑一切的态度，这是成长过程中的自然反映。然而，要养成质疑精神，还需要文化的濡染，即有意识地接受教育。因此，教师需对学生质疑素养的养成有一些基本认识：质疑不是怀疑一切，批评一切，不是心理阴暗的猜忌和诽谤。质疑的对象一般是权威和经典，因此质疑需要有底气和质疑的能力，这样底气和能力应建立在个人知识的深厚储备之上的，也要基于常识和经验，否则会表现为“无知者无畏”。质疑是讲究方法的，在未知的领域，仅有常识还不够，还需要理性，需要逻辑，需要强大的思维方式。当知识、方法无法做出判断时，还可以从价值观的角度去思考，用价值来进行判断。

理性判断是质疑的前提，但对于质疑素养来说，还有一个更为重要的环节，那就是找出证据，运用逻辑思维与辩证思维进行推理与验证。胡适曾经提出要“大胆假设，小心求证”，其中的“求证”，恰恰是质疑过程的“尘埃落定”，用证据支撑自己的论断与观点。北京语言大学谢小庆教授认为：“教育最重要的任务之一是发展学习者的审辩式思维能力。”他说的“审辩式思维”，不仅包含了“质疑”的要素，同时也将“用证据说话”作为审辩式思维的应有之义。

具有质疑精神，掌握质疑方法，可以使人睿智。而睿智的人，更容易明察秋毫。

好玩的庄子

我们这代人，传统文化的涵养基本来自家庭教育。读中小学时，缺乏系统的传统文化学习，多数只当知识点学，甚至是当反面教材学。成人后再接触《论语》《道德经》时，多是碎片化学习，难以形成“童子功”，吸引人们读下去的更多的是趣味性和个人兴趣。

有人说，学孔子易，仿孟子难，其实仿庄子更难。我读庄子，只觉他睿智思辨，爱讲故事，爱与人抬杠，像个老顽童。某日再读《山木》篇，依然觉得有趣。庄子带弟子去拜访老友，路上遇见伐木者不伐“无所可用”的大木，心生感慨：“此木以不材得终其天年。”留宿老友家，童仆杀一只因不能叫而未成材的鹅。弟子困惑了，没有比较就没有伤害，故问老师会怎么办。庄子笑曰：“周将处乎材与不材之间。”好一个“笑曰”！看得出弟子得了庄子真传，蛮坏的，挖坑给老师跳，不问老师怎么看，问老师怎么做。想要师父陷入100多年前古希腊的“半费之讼”的困局。弟子想“成材，就像树；不成材，就像鹅”，若老师想“成材，就像鹅；不成材，就像树”，中国历史上就会出现庄子与弟子的鹅树之争。可是庄子太飘逸了，这时他不抬杠了，笑曰“我不上当，我选成材和不成材之间”，免了师徒之争，不伤和气。

庄子这么一说，把问题搞复杂了。把文化的发展从讲规则的路，引向一条不讲规则的道。本来，成材像鹅，不成材像树，违背了我们现在所说的逻辑学的同一律，是用双重标准判断是非，是错误，是诡辩。但它的前提是承认有标准、有规则。孟子说不以规矩不成方圆，既是那时社会运行的需要，也是后世社会发展的必需。然而，庄子标新立异这么一说，是一时口快，还是一生所求？弟子当然要弄明白，成材与不成材之间，你怎样才能做得到？庄子说，处于成材与不成材之间，好像合于大道却并非真正与大道相合，“故未免乎累”，贤能会受到谋算，而无能也会受到欺侮，只能顺应自然而自由自在地游乐。

“材”与“不材”还没弄明白，又多个顺应自然的自由自在。其实，在庄子看来，不论是“材”还是“不材”，都是人生的限制，更不用说徒弟的“以子之矛攻子之盾”式的反诘了。既然是限制，那就不符合庄子顺应天命、自由自在的理想境界与追求，所谓“物物而不物于物”。有人说庄子是明哲保身，有人说庄子是消极避世，多少有点道德绑架或政治绑架。庄子或许没有我们想象的那么喜欢耍小聪明，他表述的是一种超越生活经验的哲学思考。庄子说："天地一指也，万物一马也。"不必拘于名，也不要拘于形，关键是看本质。其实庄子用其一生在诠释"著书十余万言，大抵率寓言也"。成材吗？我写寓言。不成材吗？我讲道理。做相国，不如做个小乌龟，独立逍遥，开心时还可以做只小蝴蝶。

"玉不琢，不成器"，其核心是价值最大化。正所谓"人尽其才，物尽其用"。如果每个人都用自己的特长服务于社会，就是人生最大的贡献。也许庄子的特长就是自由自在。

从劝酒说起

每个国家都有自己的文化，不同区域也会有不同的文化。到一个语言不通的地方，只有先学会当地语言，才可能融入当地的主流文化。例如在美国发展一定要学会英语。同理，在中国的餐桌上不会喝酒，很难融入餐桌的主流文化，所谓“无酒不成席”。众所周知，酒文化是中国饮食文化的重要组成部分。

酒的出现，可以更好地实现饮食文化的社交功能。而劝酒之俗与酒文化一样源远流长，餐桌上只喝酒，不说也不劝，那就缺少了觥筹交错的氛围。“劝君更尽一杯酒，西出阳关无故人。”王维这样劝，你还能不喝？李白的劝酒诗《将进酒》，劝了今人还劝来者。相比之下，跟张飞喝酒就不好玩了，曹豹不会喝酒，被张飞抽了五十鞭子。

时至今日，劝酒的方法在传统的基础上更加“发扬光大”了，招数五花八门，但目的没变，就是让你多喝杯酒。我有一个独创的“劝酒方”：“两位以前认识吗？”“认识——几十亿人中你们能认识，这是一种缘分，那要喝杯酒！”“不认识——几十亿人中你们今天能认识，那要喝杯酒！”管你认识不认识，都要喝杯酒。其实这种方法可以用任何一个理由，而尾句是万能的，即“那要喝杯酒”。这就像文章的万能尾句，不管前句是什么，结尾都可以是同一句话。认识和不认识都要喝杯酒，其本质是原因和结果之间没有一种必然的关系，只要前提是一个事实，后面就可以跟“那要喝杯酒”这个要求，而不需要符合逻辑因果推论关系。

生活中但凡自认为有点本事的人都好为人师。教师尤为甚也，不仅教别人，还懂得“反馈策略”，喜欢出题检测教学效果。我也很喜欢这么做。几年前曾出过一道题，询问教育同仁：“甲教师做班主任工作能力一般，教育效果一般；乙教师做班主任工作能力很强，教育效果很好。若学校需要教师做班主任，请问谁应该做？”

答案基本有两种：一是认为应该选甲，能力一般更需要通过做班主任提升教育水平；二是认为应该选乙，做得好自然应该做，能者多劳嘛。双方观点无法统一，但会认为对方也有道理。做得好与不好是一个事实，应不应该做班主任是一个规范命题，二者之间没有必然的因果联系。有人会问我：“谁应该做班主任呢？”我的答案：“谁都应该做。因为你是教师，就应该做班主任。”

最近读《孟子》，发现孟子与告子在人性善恶问题上观点针锋相对。告子曰：“性犹湍水也，决诸东方则东流，决诸西方则西流。人性之无分于善不善也，犹水之无分于东西也。”孟子曰：“水信无分于东西，无分于上下乎？人性之善也，犹水之就下也。人无有不善，水无有不下。”

告子的逻辑是：因为水流的方向取决于冲开的口子，水本身无东流或西流之分，所以人性没有善与不善之别。孟子的逻辑是：水的本性没有不向下流的，因此人的本性没有不善良的。因为水向下流，所以人的本性是善的。

实际上，水流的方向与人性善恶并没有直接的因果关系，要想证明人性善恶与否，其依据要么是心理学实验或哲学推理，要么是从大量案例中总结出一般的结论。不论是告子还是孟子，都误将“隐喻”作为“推理”，在二者之间建立起某种逻辑关系。或许孟子能反驳的只有不论水流的方向是东或西，总是向下流。告子的结论不讲逻辑，孟子顺着告子的逻辑进行反驳，自然也无甚逻辑了。

从他们的逻辑中，我又看到了上面认不认识都要喝杯酒以及谁做班主任的逻辑。把一个事实作为前提，后面跟一句自己想要得出的结论，企图用事实的真实证明自己结论的正确，而不是找到问题真正的原因。模仿孟子的逻辑，我们可以造句：“人性无不恶，水无有不下。树无不向上，人性无不善。树无不向上，人性无不恶。”实际上，即使水往低处流，真实的原因也不是水自身的本性，而是地球对水产生引力作用的结果，更遑论水流的方向与人性善恶之间不存在的因果关系了。

意犹未尽

善良不是一种学问，而是一种行为。

——罗曼·罗兰

我对自己的评价：非常善良。这句话说多了，善良就慢慢成为我的一种习惯。这可以理解为对自己的鞭策，也可以理解为把善良当成一种显摆。也许真正的善良是与生俱来的，是刻入基因的遗传信息。善良应该是来自内心的修养，更应该是解决工作与生活问题时所表现出来的对人性的尊重、对规律的敬畏。

有的人喜欢把握当下、思考明天，有的人喜欢回望过去。不管怎样，这些都是生命中的选择性记忆，是人生关键事件，或是生活中刻骨铭心的细微琐事；是个人智慧和修养的升华，也是自己人生的意义所在。

前面讲了一些，总有点意犹未尽。本章选了一些近几年外出参观、参与培训、读书活动，或者工作中遇到问题的处理方式等心得体会，还有对某些教育教学问题从实践层面进行的探讨。文字中反映出个人对待学习、工作、教育、教学的思考与行为表现，或多或少、或明或暗、或深或浅地反映出个人的激情与善良。

阅读，完善文化基因

个人的成功是由基因决定的，还是由环境决定的，是个未解之谜。不过，基因的客观存在，以及基因对生命个体的发展有重要的作用，这已是一个不争的事实。生命科学领域存在基因的概念，我们将其迁移到文化层面时便有了一种叫作“文化基因”的东西。所谓“文化基因”，是指文化中那些稳定的关系、内容和结构，它们对个人思维模式、行为方式、价值取向起着决定作用。不同民族的文化是有差异的，特别是中西文化差异巨大，这也意味着两者的文化基因会存在较大的差异。

文化基因是怎样进入个人之中，从而形成个体独特的个人文化呢？不少人认为是学校教育的作用。学校教育是一种有目的、有计划地传授知识、培养能力的活动，对人类文化，特别是民族文化的传承起着重要的作用。生命个体在学校受教育阶段，将会形成影响其一生的文化基因。但是那些没有受过学校教育的人，身上有没有自己的文化基因？答案自然是肯定的。这也说明，学校教育并非文化基因的唯一来源。如果将学校教育扩展到整体教育层面时，我们也可以说，一个人的文化基因的形成与家庭教育、社会教育也有着紧密的联系。

当小孩撒谎后，父母可能会引用民间故事里“狼来了”的故事，期望种下诚实、不撒谎的基因；当儿童学会“锤子、剪刀、布”的游戏后，可能就不再愿意用抓阄的方式进行选择，而是选择带有竞争与冒险的方式；当小孩子们一起玩“老鹰抓小鸡”的游戏，在开心快乐的同时，责任意识、灵活机智等文化基因在一点一滴渗入。个人与群体的文化基因有传承性，也有独特性。而民族意义上的文化基因也会具有相似性与差异性。与“老鹰抓小鸡”游戏相似的卡巴迪运动，从起初的一种古老的西亚民间游戏，到1990年成为亚运会的正式比赛项目，这也说明不同民族的文化基因也会有相同的元素。

再回归到个体的文化基因，我们禁不住要问：“难道个体文化基因的形成都是有计划、有目的的教育作用的结果吗？”其实不然。文化基因的形成主要依赖于生命个体的学习，包括一些潜移默化的学习。教育只是学习的一种方式，教育和学习的区别在于被动和主动。生命个体在开始有意识时，就能够吸收周围的文化信息，并不自觉地在环境中接受熏陶，在本民族文化浸染中成长，从而逐渐形成自己的文化基因。因此，我们可以认为文化基因的形成依赖学习，文化基因的完善依靠学习，文化基因的改造也要依托于学习。

一个人的文化基因的形成，主要是在求学阶段，而文化基因的完善和改造，则取决于参加工作、走入社会后的后续学习，而这种后续学习的主要形式是阅读。

学生在学校上学期间，最缺乏的就是阅读，特别是缺乏课本之外的书籍的阅读。对于高中生甚至大学生而言，理科类学生在人文方面的阅读比较欠缺，文科学生则不太喜欢阅读科学技术方面的书籍。阅读的倾向不同，使得一个人的文化基因会有偏重。再加上家庭教育、社会教育的影响，学生没有养成良好的阅读学习习惯，基本知识不够广泛，从而造成文化基因的缺陷。

阅读是弥补文化基因先天缺陷的有效的手段之一。中国传统文化中的思维偏重印象式、直觉式的感官反应，缺少形式逻辑的内容，思考问题重视经验性，缺少批判性和独立性。谈问题则概念模糊，讲事情则过于功利。近现代以来的教育，偏重培养“听话的学生”和追求分数，使得较多学生不怀疑、不思考就全盘接受知识，造成理性思维方式的欠缺。面对这种文化基因的先天缺陷和教育方式的后天不足，我们唯有通过持续的阅读，甚至是终身阅读，才能够完善自己的文化基因，甚至去改变文化基因中那些不良的倾向。

笔者曾经出过一道题：“乌龟和兔子赛跑，你认为结果会是什么样？”问一些小学生和初中生，有一半的人认为乌龟会赢，理由是兔子会睡觉，兔子很骄傲。从中可以看出龟兔赛跑的寓言使学生形成的文化基因缺陷。要消除这种根深蒂固的思维方式，需要的不仅仅是教育中的批判性精神，更重要的还是阅读。

2001年5月，美国内华达州麦迪逊中学的入学考试有这样一道题目：“比尔·盖茨的办公桌上有5只带锁的抽屉，分别贴着‘财富’‘兴趣’‘幸福’‘荣誉’‘成功’5个标签。盖茨总是只带一把钥匙，而把其他的4把锁在抽屉里。请问盖茨带的是哪一把钥匙？”

如果按照我们现在的考试，人们一定会问：“这是什么题目？想测试学生哪方面的知识和能力？”若你绞尽脑汁想通过某种知识或比较、排除等逻辑推理进行判断，从而找出你所追求的正确答案，对不起，植根于骨子里的文化基因第二次出卖了你。在这里你能真实感受到中西方文化的差异，这个问题没有标准答案，只为了解你文化基因中的价值取向。据说在美国麦迪逊中学的网页，有比尔·盖茨给该校的回函，函件上写着这么一句话：“在你最感兴趣的事物上，隐藏着你人生的秘密。”

承认缺陷，承认不足，只是为了改变和完善，阅读或许是一个不错的选择。

跨界阅读：学科素养与方法启示

“跨界阅读”的概念，在自媒体时代已逐渐流行。但在教育领域，特别是教师专业发展方面，跨界阅读的理论探讨与实践才刚刚起步。当前，我们语文学科的教师与历史学科的教师围绕《文化的江山：重读中国史》这本书进行跨界阅读，我觉得这是一个非常有意义、有价值的阅读尝试。

首先，我们要思考的是跨界阅读的合理性。在我看来，本次跨界阅读的合理性不仅体现在语文与历史本身的学科特点上，还体现在两个学科在课程与教学原理上的相近性方面。我们经常说“文史不分家”，这就揭示文学与历史两个学科的共通性，但这种共通性或许并不是两个学科的“教学共通性”的充分理由。基础教育领域内的语文课程教学与历史课程教学的共通性才是跨界阅读的学理依据。那么，教育领域的语文与历史的共同点在哪里？或者说，形成语文与历史教学领域的“跨界阅读”的联结点在哪里呢？我认为是文化。从课程与教学的意义上讲，我们现在所提出的学科核心素养，其实是本学科教学的一个导向。历史学科的核心素养是时空观念、史料实证、历史解释、历史价值观。而对历史的实证、解释与理解都离不开对文化的解释与理解。语文学科的核心素养，其中之一正是“文化的传承与理解”。同样关注文化的传承与理解，这才是语文学科与历史学科能够实现“跨界阅读”的教学依据。

其次，从培养学生的共同的文化素养方面讲，语文学科与历史学科也实现了融通。在我看来，世界上既没有文化素养全然相同的两个人，也没有文化素养全然不同的两个人。投射在个体身上的文化素养，一定是共性与个性的统一。这种文化共性的养成，就需要通过相应的学科教学来实现。20世纪30年代在美国风靡一时的要素主义教育观点，就集中体现了对这种文化共性的追求。这种观点认为，人类遗产中有一种知识的基本核心，即共同的、不变的文化要素，其中包括各种基本知识、各种技艺及传统的态度与理念，学校的主要任务就是要把这些文化的共同要素传授给青年一代。要素主义的观点后来受到了批评，但这并不代表要素主义的主张一无是处。至少，在培养共同的文化素养方面，其观点就有合理之处。而且，我认为这也是我们现在要在“素养”前加“核心”形成“核心素养”，要在“品格”前加“必备”形成“必备品格”，在“能力”前加“关键”形成“关键能力”的内在原因。

再次，我们进行阅读也好，进行跨界阅读也好，不仅要获取相关的知识，更重要的是获取某种读书的方法，体会作者的思维方式，从而获得一种方法论上的启示。《诗经》中有一首诗叫《野有死麕》，说的是一个男猎手在野外把死麕故意放在路边，女孩子看到后就很好奇，男猎手便趁机前去搭讪。有人读这首诗时心里想的是这首诗是什么意思，但是有些人已经在应用这种方法了。比如他们故意将某本杂志放在显眼的位置，女生看到之后很好奇，于是男生就趁机搭讪。从这件事可以看出，前一类人学到的可能仅仅是诗歌的内容，后一类人学到的就是某种方法。《文化的江山》的作者在序言中提到了一个很有意思的观点：“中国历史上，其实有两个中国。一个是二十五史里的中国，叫作王朝中国。一个是贯穿了所有王朝的中国，叫作文化中国。”读完这句话，我想我们不仅要获取关于中国历史与文化的知识，更重要的是习得作者这种分类的思维与方法。当我学习到这种方法之后，我就有一个发现。作者说《山海经》是中国文化的摇篮，但“中国文化”毕竟是一个笼统的概念，他认为中国文化里包含两种文化脉络，一种是“有意义的文化”，一种是“有意思的文化”。有些文化很有价值，但过于沉重，不好玩；有些文化纯粹是为了好玩，可能没有什么特别的价值。《山海经》可以说是“有意义的文化”的源头，而《诗经》才是中国“有意思的文化”

的摇篮。当然，不论这种分法是否有依据，我确实是受到了书中作者思维方式的启发。

总之，语文与历史两大学科的跨界阅读，我认为很有价值。当然，也可以说，这种跨界阅读本身既是很有“意义”的，同时也是很有“意思”的。希望老师们不仅读出“意义”，同时也要读出“意思”。

追问过程　独立思考

一、高斯“是一只狡猾的狐狸”——追问思考过程

德国著名数学家高斯小的时候，有一次，老师为了处罚班上调皮的男孩子，给他们留下了一道算术题：“从1加到100的总和等于多少。”高斯很快就将答案交给了老师，老师惊奇不已，问高斯怎么这么快就得出了答案。高斯说了他的简捷方法：$1+2+3+\cdots\cdots+98+99+100=(1+100)+(2+99)+(3+98)+\cdots\cdots+(50+51)=101\times50=5050$。这不得不令老师对这位天才少年刮目相看。

我们经常听各种专家的报告，都有很多东西可以学习。我认为通过了解专家思考问题的过程，学习他们思考问题的方法尤为重要。数学家阿贝尔在评价高斯论文时说：“他是一只狡猾的狐狸，掩盖了他来时留在沙地上的痕迹。”我们只知道传说牛顿坐

在苹果树下被砸从而思考出万有引力，不知道当时他是否被砸疼；对笛卡尔的了解也一样。可惜他们都没有将思考推理的过程与方法公开并流于后世。只有过程才能反映出他们与普通人在思维上的差异，因为普通人只有透过思考过程的对比分析才能提高解决问题的能力。

在中小学课堂教学中有两个重要的内容被许多教师忽视，即教师思考的过程和思考的方法。思考的过程是一个事实，一个显性表现，看得见、讲得清；而思考的方法太多，需要不断积累概括。

由于教师学科素养与教师教学经验两个因素的影响，教师在把握课堂教学现实起点与逻辑起点时会有较大的不同。因此课堂教学要想达到一定的高度。教师必须在备课的环节上多下功夫，才能有一定的深度；而这种深度的积累，每个老师是有差异的，不可以生搬硬套。

苏州工业园区星海中学高中数学顾老师有一个“二次备课”的观点，我非常认同，特别是他思考这个问题的过程很值得回味。他说，星海中学的学生不住校，每天的数学课外作业要第二天早上才交，而一般数学课都是上午第一、二节。上完课后再批改学生作业，他总会觉得课堂教学对教学的现实起点把握有误，不能有效针对学生实际。因而顾老师把数学课改为第三、四节，改完作业后，针对学生作业情况调整教案教学。一段时间后，他发现要取得更好的教学效果，光调整教案教学还不够，需要第二次备课。现在顾老师的数学课调到了第五、六节。从顾老师展示给我们的思考解决问题的过程中会发现他成功的关键环节。如果没有他的过程展示，我们只能看到现象，即把课换到下午上，而背后的原因是很难明白的。

苏州大学的多位专家在授课过程中都谈到了解思考过程的重要性。如刘电芝教授在“高效学与教”讲座中谈到的“元认知”，即对认知的认知，也是个体对自己的认知过程和结果的意识与调控，包括自我意识、自我调节、自我评价、自我反思，其中最核心的也是对认知过程中自我思考过程的关注。母小勇教授在“作为专家的中小学教师”讲座中，通过我国古代的教育家孔子以及古希腊的苏格拉底、近代哥本哈根学派的掌门人玻尔3个例子向学员们介绍了专家教师的一些教育理论和方法。他分别剖析了三位世界历史上公认的名师在形成其独特教学风格过程的背景，展示了孔子的“论孝”、苏格拉底的“为什么”、玻尔的“下水作文”理念思考的过程，为我们提供了有益的启示。

正是在这种思维引导下，母教授归纳出培养专家教师特征的4个主要方向。第一个方向是“发展学生能力”。母教授通过对实质教育论和形式教育论两种理论的对比分析，说明要发展学生能力就要学会从知识和技能两方面来引导学生，注意通过陈述性知识和程序性知识逐步提升学生的能力，没有基本知识的思考是难以凭空推演和创造技能的。第二个方向是“让学生学习完整的文化科学”。母教授列举了苏东坡夜游承天寺、美国的华特森和英国的克里克发现DNA分子双螺旋模型等例子，说明让学生学习完整的文化知识需要注意从客体的“文化科学”到主体“学习文化科学”的思考过程，关注文化传授中的公开把握、个体体验，最终形成“个人的文化科学”。这种对主体学习思考过程的追问是促进文化创新的关键。第三个方向是“设计探究的情景”。母教授用各门学科，包括语文、历史、物理、化学的教学案例，告诉学员们要利用设计探究的情景引发受教育者的思考。第四个方向是“给学生以支架”。母教授通过“探究中点四边形的特征”这一数学例子生动形象地为学员们讲述了“支架”作用，尤其是突出“支架”在思考过程中所产生的支撑作用。

总之，教授们在学习策略和专家教师特征发展方向上引导我们追问自我、追问他人的思考过程，从中发现高斯“这只狡猾的狐狸”藏而不露的真迹，寻找到那条趋向成功的路径。

二、大师和生手的区别——独立能力的培养

洪兰教授说过，把一盘残棋给生手看两分钟后要求他重新排出来，他无法做到，但是给大师看，他就能正确无误地重新排出来。是大师的记忆比较好吗？当然不是。如果我们把一盘随机安放的棋子给大师看，请他重排时，他的表现就跟生手一样了。大师和生手的差别就在大师有背景知识，能够记住每个棋子存在的

意义，减轻了记忆负担。而这里所指的背景知识既包含学科基本知识，也包括思维能力。没有这些背景知识做铺垫，就不可能实现对信息的筛选，也就不可能进行独立思考。

专家给了我们很多现成可学的经验和知识，也引导我们去关注经验背后的思考过程。然而，要让获取的信息真正转化为自己内生的力量，还需要具备鉴别海量信息的独立思考能力。苏州大学留美博士宋维红老师在“教育研究方法”讲座中提到，在我们的身边存在着大量未经验证但源远流长的说法，如“高分低能”“片面追求升学率”“一代不如一代”等。她用中西方完全不同的价值判断分析了这些说法，并用中国历史上经史子集研究中常用的“无一字无来历，无一字无出处”说明对信息进行理性判断需要依据，这种依据就是理论。在一定科学理论指导下进行批判和质疑，这就迫切需要一种优秀的思维品质——独立思考。

作为教育人，我们承担着教育的责任，那么反观中小学在培养人的过程中有没有致力于这一思维品质的训练呢？在普通高中课程标准中，有多个学科分别在课程目标或课程的基本理念中提及独立思考。比如语文课程目标中有“养成对语言、文学论及文化现象独立思考、质疑探究的习惯”，历史课程目标中有“养成独立思考的学习习惯”，英语课程目标中有“提高独立思考和判断的能力”等。许多学科课程目标都含有对独立思考的培养要求，这毫无疑问地说明了新课程对培养这一优秀的思维品质是有明确要求的。

那么什么是“独立思考”？独立思考通常是指在不借助外界帮助的情况下，通过自己的探索和思考来解决问题的能力，也有人说是一种质疑精神，是批判性思维。强调独立思考原本是许多学科课程标准的共性内容，是新课程标准的重要特色之一，是从教学大纲到课程标准一以贯之的延续。但是由于新课程一些新的学习方式和新的理念的提出，吸引了许多教师的注意力，让教师在教学实践中忽视了对学生独立思考能力的培养。加之许多教师自身不具备独立思考的能力和习惯，认识不到这一能力的重要性，造成教学实践中学生独立思考能力养成的缺失。

有人说，思维的灵魂在于它的独立性，遇到问题要先问为什么。真正地想清楚为什么，需要的不是人云亦云，需要的不是照猫画虎、亦步亦趋，需要的是独立思考，深入分析，真正明白其中的道理。当前有些学校推行的“四块小黑板”“课堂只讲15分钟”等都说明教师及教学管理人员自身的“元认知”是比较欠缺的。长期“被接受”的思维习惯已经使他们很难进行独立思考，也很难培养学生的独立思考能力。然而，中小学教育的出路在课堂，教师的发展在课堂，教育科研的深入在课堂，学生的受教育质量也在课堂。在众多思维品质中，唯有批判思维（即独立思考能力）是教师们最欠缺的。教师自然在这方面对学生引导最少，教师有什么学生才能有什么。我们常常纠结于“一节什么样的课是好课”的问题，评价尺度包含许多种因素、许多种理解，但有一点是绕不过去的，那就是对学生思维能力的培养，特别是对独立思考能力的培养。

要想培养学生的独立思考能力，首先要考虑如何提升教师自身的思维能力。从苏州大学教授的授课内容来看，似乎途径有三：精于一、博于多、逻辑强。正如前文所说的大师和生手的区别在于前者深入而且具有广泛和深厚的背景知识，后者肤浅而狭窄，不仅基础知识不扎实，更缺乏独立思考、理性梳理信息的能力。结合教授的讲课内容及风格，我做如下剖析：

精于一：指的是专业知识深透，拥有完善的“底层数据库”基础支撑。母小勇教授丰富的物理学专业背景，可以让他在讲座中列举大量的物理学的例子，文科教师也都反映能听明白。为什么呢？在于母教授对物理学内容的贯通，在于学科专业基础的扎实。真正理解学科知识的本义，才可能自由地进行迁移，并能自如地说明涉及其他领域的道理。精于一，才能打通思维，举最熟悉的学科案例来准确地阐述道理，才能进行独立思考，不受外在因素的影响。

博于多：见多识广，博览群书，触类旁通。我们从陈国安“中国传统文化与当代”讲座中深切感受到，教师具有独立的思考精神、深厚的学养才能形成独特的教学风格，才能够在传道授业的过程中将自己的独立思考精神传递给受教育者。陈国安老师在短短的3个小时的讲座中用诙谐的语言、独特的视角、宽广的视野带给我们属于他个人的教育精神。这是一个博于多的经典范例。

逻辑强：思考问题时的理性强。留美博士宋维红老师在谈教育研究方法时，由对“高分低能”的质疑，提出我们思考问题时的3个基本要素：需要有客观事实、理论指导、方法技术。同时她又指出对这3个基本要素的要求：所谓的客观事实存在吗？存在哪里？用以指导的理论科学适用吗？方法技术有无局限？严密的思维、独立的思考、科学的理性分析让我们谨慎于下判断、胆怯于盲从。

在这个时代，尤其是信息量铺天盖地的当下，独立思考能力显得尤其重要。我们不能盲目相信网络及社会上那些没有事实依据的结论，我们也不能盲目地相信权威，即使是专家的结论也未必尽信。我们应通过独立思考，筛选正确的信息，而不是“人道是”。

阅读《乡土坦洲》

坦洲，中山自古的鱼米之乡。坦者，平而宽广之滩也；洲者，水中陆地之谓也。摆在我面前的《乡土坦洲》，是中山市坦洲镇教育事务指导中心编印的乡土教育读本。曾经，“这个世界不只有眼前的苟且，还有诗与远方”的名言风靡网络。接着这句话，我还要说：“这个世界不只有诗和远方，还有家与故园。”

生于斯，长于斯，坦洲的学子在这里读书，又从这里走出去，走向大千世界广袤的天地。当在这里生活时，他们对家乡的美食与物产、风俗与习惯如数家珍。但生活有时难免有“天圆地方”的视野限制，相信并不是每一位学生都能够熟知坦洲的历史沿革、地理经济、文化遗产与人文民俗。这本《乡土坦洲》正是作为本土文化的普及读物，让学生真切而自然地走进自己熟悉而又陌生的坦洲。更为重要的是，当有一天，我们的学生怀着看世界的梦想，展翅高飞，飞出坦洲，飞出中山，飞出广东，甚至飞出中国，他们身上究竟能有多少本土文化的痕迹？当有一天，家乡变为了故园，他们身上是否还保存着朴实而又宝贵的“坦洲烙印”？从这个意义上讲，《乡土坦洲》不仅是教育读本，还是文化血脉的载体。

《乡土坦洲》更像是一条纽带，不仅连接着坦洲、中山与中国，还连接着昨天、今天与明天。文化，特别是乡土文化，并非保守落后的代名词，更不是一团死气的知识或文字记录。乡土文化里有过去的意蕴与精神，有现在的意识与存在，更有未来的趋势与走向。如何使乡土文化从知识转化为“智慧”，进而生长为“精神”，这就需要发挥本书独特的教育功能。有一本书曾经谈到，人类的知识可以分为信息知识、加工知识、系统知识、智慧四大类。其中，信息知识指的是关于事物的单一的学科知识；加工知识指的是通过自我思维、情感等主观工具对生硬单一的信息知识进行加工之后产生的知识，包括复杂知识、自我能力等。对于《乡土坦洲》这一教育读本而言，我希望它不要仅仅停留在传播信息知识的层面上，而是要引导学生以读本中的信息知识为基础，通过自己思维与情感的有机转化，通过专题的课堂教学与实践活动，将信息知识转化为加工知识，再与读本之外的其他知识上下勾连，形成网络，进而生成系统知识与智慧。这是一个相对复杂、漫长的过程，它需要教育行政部门的科学指导，需要教师的教学实践，更需要学生将《乡土坦洲》列入自己学习与思考的范围。

希望《乡土坦洲》读本的编写，不是作为一个“终结事件”，而是作为一个“起点事件”。以本书的编写为新的起点，进一步完善坦洲本土文化图谱，并通过教育教学将“读本”提升为“知识”，将“知识”转化为“智慧因子”与“精神血脉”，使之永远流淌在每一位坦洲学子的文化血管之中！

注：本文是笔者为《乡土坦洲》一书所作的序言。

因为习惯

有幸参加中山市儿童合唱团成立20周年庆典活动，观看儿童合唱团的合唱表演。对我来说，所受的艺术熏陶太少，甚至连业余爱好者都算不上，真的无法以专业的眼光来看。至于参加合唱活动对学生成长的意义，专业人士怎样说我就怎样信，在陌生的领域里听专家的，好像我已经习惯了。

罗曼·罗兰曾经说过，“艺术是生命的帝王”，我信了。记得美国国会议员质疑，为什么美国空军要制造B-2飞机。总统说他也不知道，听说维生素B2是人体必需，他想美国空军也需要吧。因此，我对待儿童合唱团的态度是，孩子们都自愿积极参加，对孩子发展一定有利，要坚决支持。

缺少专业水准，其实也不影响自己对艺术的欣赏。记得有一位中国学者在国外参观一个油画展，竟然看到一群幼儿园的小朋友也来参观。在每幅画前，小朋友和老师指指点点，有说有笑。这位中国学者感到很奇怪：这么小的孩子就懂得欣赏？他走近一听，原来老师在教学生数画中有多少人。孩子可能没有明确的艺术欣赏的意识，但在数数的过程中，会无形之中受到熏陶浸染。因为艺术欣赏需要“现场感”，艺术的熏陶一定是在艺术的现场，经常出入这些场所，沉浸于艺术王国，耳濡目染，形成习惯，想不“艺术”都很难。

然而，在观看孩子们合唱表演的过程中，不懂和声也听不出有多少个声部的我，却因职业习惯，关注到台上两个小演员的行为。合唱团为团龄在7年以上的团员颁发了荣誉证书，十多个在台上演出的学生获此殊荣。手上拿着证书不方便表演，指挥请学生们把证书放在旁边，可是，A1组的一位女生一直把证书拿在手中表演。这个细节引起了我的思考：合唱时这个女生不听指挥的话，成为一个另类，为什么呢？是在乎这个证书，还是叛逆？或许不需要上升到勇气、内心强大这样的高度。是否可以推测一下，这个女生在家、在校的行为会怎样。另一个是B1组第一排最后一个上场的小女孩。当第一排的小演员排队上场时，因为是跟着走的缘故，大家都挤到了舞台的左边，队伍明显偏左侧。这时最后上场的小女孩走到右侧自己的位置就不动了，不管她与同伴隔了多远，任由同伴怎样叫她，她就是不动，最后是同伴向她这边靠拢。她为什么如此淡定，不“跟风”？是排练时记住了这个位置，坚信自己是对的，还是其他什么原因？

我想这么沉稳的小女孩一定会有一些特别的东西。中国有句老话："3岁看大，7岁看老。"意思是孩子成人后，有许多性格源于7岁之前的生活，人们可以根据现在预测未来。同时，我们也可以根据成人现在的行为，从他成长的过程中寻找答案。前文说的两个小女孩，她们在台上表现出来的这些细节，我认为并非偶然，或者说并非表演时的紧张与焦虑所致，其行为的背后一定有必然性原因，即长期稳定的心理与行为方式在舞台上的"固化"。用一个通俗的词概括就是"习惯"。

心理学认为，性格是稳定的态度和习惯性的行为方式。性格由人的习惯养成，习惯又取决于长期的行为方式，行为又取决于人的思想和性格，这几个方面是循环制约的。今天的行为取决于昨天的行为养成的习惯和性格，受思想与性格决定。同样，今天的行为又强化人的习惯和性格，更加固化人的思想。此前，网络上一直流行着一段被很多教师引用的教育名言："播下一种思想，收获一种行为；播下一种行为，收获一种习惯；播下一种习惯，收获一种性格；播下一种性格，收获一种命运。"从这个意义上看，这句话也包含着一定的真理。通俗一些说，就是人们常说的"江山易改，本性难移"。

人的性格不是与生俱来的，而是一个积累渐变的过程。教师在与学生的日常交往中，不仅要注意自己的言行举止，还要注意观察，处处留心，做到古人所说的"见微知著"。对于学生的行为习惯，要有敏锐感，这一点类似于加拿大教育家马克斯·范梅南提出的“教学机智”，即“那种能使教师在不断变化的教育情境中随机应变的细心的技能”。因此，我们要创造出多种多样的教育机会，让学生充分体验。通过正面教育，积极作为，在学生习惯养成方面多做文章，心中装着教育的大格局，行为落实到具体的小细节。罗曼·罗兰说过：“没有伟大的品格，就没有伟大的人，甚至没有伟大的艺术家，伟大的行动者。”是的，这一切是因为习惯！

也谈教学的根本问题是教的问题

张华老师写了一篇文章，拿出来希望大家批判。我说好，我就喜欢抬杠，你写什么观点我都反对。好像我脑袋里住着两个小人，遇到问题，一个说是，另一个会说不是，喜欢对立地思考问题。

张华老师的文章题目是《教学的根本问题是教的问题》。读了一遍后，我头脑中两个小人就问："若教学的根本问题不是教的问题，就应该是学的问题，难道还可能是其他什么问题吗？"为了能集中注意力，我们先排除其他，因为"教学"就两个字，不是教就应该是学，总不能说教学的关键问题是教学。若要反驳张华老师的观点，我们的立论就只能是"教学的根本问题是学的问题"。

张老师在文中列举陶行知给出的理由："一、先生的责任在教学生学；二、先生教的法子必须根据学的法子；三、先生须一面教一面学。"如果用这三条理由论证"学"是关键，确实站不住脚。"先生的责任在教学生学"，这个"学"是指学的内容、学的方法、学的态度。不论陶先生指的是什么，前提是先生在教。至于教的是什么，并不影响教的地位。“先生教的法子必须根据学的法子”指的是教的方法必须是符合学生学的方法，这只是对教的方法的要求，并不否认存在教的方法，同时也无法否认教的地位。“先生必须一面教一面学”，这是对教师能力的要求，要求教师不断学习。有人说杜威认为教学的关键是学，但我感觉他没说过。他的核心观点是“儿童中心论”，认为儿童是起点，是中心，而且是目的，虽然强调过程，但关心的还是儿童的发展，是结果倒逼过程。

把“教学的根本问题是学的问题”作为关键词，在百度搜、知网查，找不到一篇像样的文章，可见这个观点在学理上很难站得住脚。实际上，学生如何学的问题是一门单独的学问，即学习论，而“教学”从概念上讲，本就侧重于教师的教。或者说，所谓的“教学论”就是一门研究教师“教”的学问。“教学论”与“学习论”是并行不悖又有内容交叉的两种学问，如果在“教学论”的框架内争论“教是根本”或“学是根本”的问题，本就不符合“教学”一词的本义。

所以我认同张华老师的判断：相比于“教授法”，陶行知的“教学法”其实并没有突破性可言。既然“教学的根本问题是学的问题”不成立，那只能回到“教学的根本问题是教的问题”。那为什么很多否定教师教的观点甚嚣尘上呢？我想原因有三。首先，我们在教育领域很少有原创思想，好多理论专家多为二传手、搬运工，能作为的范围很有限。比如课改至今讲得多的教育理论还是杜威、布鲁纳、皮亚杰、佐腾学等人的观点，还有巴甫洛夫的狗、斯金纳的老鼠等。其次，一些不负责任的媒体或从业者，炒作了一些所谓先进经验与成功做法，以混淆视听。一批不明真相的人盲目跟风，比如“只讲五分钟”“三三六模式”等。再次，一些伪专家、“教育明星”，只在概念上创新，毫无内容，甚至为吸引眼球玩弄一些文字游戏，比如不写教案写学案、变学校为学堂、“三个一切”等。

既然“教学的根本问题是教的问题”，而张华老师已论述了教本身蕴含了学的道理，那么怎样解决教师教的问题呢？教师首先需要解决教什么，然后再解决怎么教。比如，高中为什么要开设物理课？因为物理课程能为学生后续发展提供必备知识和方法，而人类智慧就凝聚在这些必备知识和方法中，实现课程目标需要完成这些知识和方法的学习。而人类智慧如何结晶需要物理教师去诠释，这是其他学科教师和学生自身不易办到的，这就是无法替代的教师学科素养。如果专业水准不够，教师就无法准确定位教学目标，也就不知道教什么；如果教错了，效率越高越误人子弟。解决了教什么，再解决怎么教。这就需要教师基于学科的逻辑和学生的逻辑去思考，需要教师掌握一些基本的教学原则和学生的认知规律，需要教师汲取他人的经验和总结自己的教学方法。

基础教育阶段学生规则意识现状及培育路径

规则是人类文明进步的重要标志之一，是社会运行的基石，也是个人道德素养的重要组成部分。随着经济和社会的发展，遵守规则的理念日益深入人类活动各领域，而规则意识的培育也越来越引起各国教育的重视。我国基础教育阶段规则教育和学生规则意识培育虽然取得了明显进步，但是还存在不足，需要进一步加强。基础教育是培养高素质现代公民的奠基工程，规则教育是其题中应有之义。因此，进一步加强培育规则意识是基础教育领域内一件十分重要的工作。

一、学生规则意识缺乏的现状

“规则，就是规定出来供大家共同遵守的制度或章程。或者说是规定出来让大家共同遵守的做事规程和行动准则。”我们知道，意识是人与动物心理区别的根本标志，是人最高级、最主要的反映形式。所谓“规则意识”，就是人对规则自觉的认识、体验和意志等心理活动的总和。古人说：“没有规矩，不成方圆。”一个缺乏规则意识的人，很难融入更加发达和文明的现代社会。当前中小学生规则意识的缺乏主要表现为以下几个方面。

（一）认知偏差

规则知识了解不多。知识是人与世界实践关系的理论表征，也是能力形成的客观基础，其价值在于引领人的社会实践活动。观念的形成、行为的改变都依赖于知识的学习和储备。规则有其自成体系的概念、原理、原则、策略等。一些中小学生缺乏规则意识，其中一个突出表现就是对规则知识了解不多，更不深入。比如常把“规则”与“自由”对立。诚然“打饭要排队”确实对个人自由有限制，但不能因此否定这一规则的公共性和合理性。类似的规则认知偏差。存在于一些中小学生的知识世界当中。缺乏规则的公共性知识和合理性知识，就可能否认遵守规则的必要性。

（二）情感淡薄

规则认同感不强。认同感本质上属于一种心理选择态度。由于规则的公众约束性，一些中小学生对规则认知模糊，规则认同感不强。规则行为并没有成为他们健全人格的一种良好途径。比如在图书馆一般要遵守“保持安静”的规则，但一些学生由于缺乏应有的规则认同感，为了自己的方便，往往漠视这一规则，缺乏尊重他人的情感。社会是一个有规则的组织系统，作为这个系统里的一分子，任何一个人是不可以随意摆脱规则的，我们所要做的是培育自己的规则意识。

（三）信仰缺失

不理解规则文化。规则是一种约定或制度，更是一种社会文化。从狭义来说，文化就是社会的一种意识形态以及与之相适应的制度和组织机构。信仰是从内心深处对某种理论、思想、学说的尊奉，并以此作为自己行动的指南。文化是信仰的基础，规则文化的形成是信仰规则的前提和基础。当前，一些中小学生缺乏规则信仰，对规则文化的内涵、价值和意义缺乏深入了解，因此在思想深处往往不尊重规则，在行为上表现为屡屡有违规现象。比如“遵守交通规则”本是交通法的明文规定，但由于缺乏规则信仰，一些学生无视交通规则的存在，随意穿行，不仅影响交通，也给自己带来了安全风险。

（四）行为僭越

不遵守规则要求。规则的内在要求就是“遵守”，具体表现就是“行为”。僭越规则的行为，是不遵守规则要求的最直接表现。由于对规则知识的不了解、对规则认同感的不强以及对规则文化的不理解，无组织无纪律的违规行为就成了一些中小学生的随处可见的日常行为，比如便后不冲水、在墙上乱涂乱画、垃圾不分类、旷课、上课迟到早退、考试作弊、公共场所大声喧哗等等，甚至还鄙视那些严格遵守规则的同学。这些表现都说明规则未内化为学生自己的道德信念，也未外化为他们的行为习惯。

二、学生规则意识缺乏的成因

规则是一种社会文化现象，是历史发展到一定阶段后慢慢形成的，也就是说规则的产生有其必备的条件。为什么一些中小学生缺乏规则意识？是哪些条件制约或影响了他们养成规则意识？笔者以为主要有以下三大成因。

（一）传统文化中的糟粕的潜在影响

儒家思想作为封建社会的主流意识形态，在宗法集体主义文化方面的表现尤其突出。从“亲亲”的观念出发，引申出对君臣、夫妻、长幼、朋友等关系的一整套伦理体系。千百年来，这种推崇礼节和人伦的思想使得属于公共社会的规则被涂抹上了个人或家族色彩。其结果就是符合个人或家族利益的规则不断得到强化，而与个人或家族利益相抵触的规则则不断被破坏和削弱。此外，推崇“变通”思维，无论是儒家的“天下有道则见，无道则隐”，还是兵家的“兵者，诡道也”，都反映了传统文化注重实用，而轻视规则的一面。中小学生缺乏辨别能力，若受到这些传统文化中的糟粕的影响，会影响规则意识的形成。

（二）现实环境的利益驱使

就个人空间而言，规则是无须存在的。规则一旦成为一种社会公约，就成了大家共同遵守的制度或章程。社会由人组成，也由人所建造，每一个人都生活在社会中，因而每一个人都是社会的建造者。个人与社会的关系，隐含着相互之间存在的利益纠葛和矛盾，这种纠葛和矛盾的表现之一就是规则的约束与违逆。当前，随着经济的不断发展，社会正处于一个转型期，也因此带来了不同思想、观念的碰撞和交锋。在现实利益驱使下，唯利是图、自私自利、缺乏公德的行为时有出现。尤其是在自媒体时代，各种资讯泥沙俱下，良莠不齐。一些违反规则的个人行为，成为一些受扭曲价值观影响的自媒体的“宠儿”和“网红”。在这样的现实环境下，中小学生规则意识免不了受到负面影响，原本就比较脆弱的规则意识很容易被现实利益所取代。

（三）学校教育工作的缺失

在人的成长过程中，相比于家庭教育和社会教育，学校教育具有更为突出的地位和无可替代的作用，世界各国的教育竞争也集中表现为学校教育质量的竞争。一些中小学生规则意识的缺乏，关键原因就在于学校教育工作的缺失。不可否认，我国的基础教育非常重视德育工作，基础教育的指导思想也特别强调“树德立人”。但检视日常德育工作会发现，规则教育存在缺漏。在教学资源方面，缺乏可供选用的规则读本；在教学内容方面，缺乏合理的规则系列活动；在活动形式方面，缺乏契合实际的规则教育设计。现有的学校教育，在一定程度上，还没有切实有效地为学生提供精要好懂的规则知识，让学生有深切的规则体验。而规则读本、规则活动、规则教育设计等方面的缺位，不仅影响了中小学生对不良社会风气的辨别和抵制，还影响了规则意识牢牢地植入中小学生的精神世界中 。

三、基础教育中学阶段学生规则意识的培育路径

基础教育中学阶段学生规则意识的培育，瓶颈在学校教育，突破也在学校教育。如果通盘考虑和利用学校教育的一切有利条件，就能够开辟学生规则意识的培育路径。学校教育是一个系统工程，培育学生的规则意识必须深入各个领域，形成教育合力，多层次实施，多方面推进。

（一）学生管理由人治转向法治

维持社会秩序主要是靠规则，社会规则以道德规则、管理规

则和法律规则最为主要，而且三者是相辅相成的。管理本身就是一项规则性很强的活动，但管理有人治和法治之分：人治以管理者自身素质决定管理行为，而法治则依照契约和制度来实施管理。只有法治管理，才是真正的规则管理。长期以来，在相对封闭的学校教育中，中小学生的管理往往是自上而下式的，人治管理比较突出。这种人治管理容易导致以个人言论代替规则，以个人情感凌驾规则，负面影响极大。学生作为被管理者，无法体验到法治管理带来的心灵触动，自然难以形成规则意识，久而久之，反而容易滋生反规则意识。意识是在现实情境中慢慢形成的。学生管理必须实现由人治管理转向法治管理，让学生从中感受到规则文化的存在。

（二）让学生理解规则

规则是一种制度或章程，其实践要义在于遵循。如果一项规则不能被人遵循，则此规则无意义。换言之，规则的遵循程度表征着规则的存在价值。问题在于，一项规则如何才能更好地被遵循？“理解”是一条重要通道。正如古人所讲：“知是行之始，行是知之成。”所谓“知”就是理解。培育学生的规则意识，其内涵包括培育学生对规则的理解意识和理解能力。学校教育应当提供条件，创设情境，激发学生参与对规则的认识和理解的讨论，不断提高学生对规则的理解水平。事实上，培育规则意识，不应该是一种静态的知识传播或教学，而是要让学生置身于规则的理解情境中，激发对规则的积极情感和正确态度。

（三）引导学生参与制定规则

规则从诞生开始，就具有一定的稳定性和强制性。对于很多人来说，面对规则的合理行为选择就是遵循。但从教育的角度来说，培育学生的规则意识，则有必要借助参与制定规则的活动来达到这一目的。如果说理解规则只是学生被动地亲近规则方式的话，那么制定规则则是学生主动地融入规则的一条重要路径。在教育教学活动中，学生参与制定规则的途径有很多，比如班级规则的制定等。学校教育要充分利用一切有利条件，设置规则制定活动。参与制定规则本质上只是一种教育游戏活动，主体是学生。学生借助这样的活动，可以加深对规则的理解，进而主动遵守规则。

（四）勇于利用规则惩罚违反规则的学生

惩罚是完整教育的需要。教育家马卡连柯指出："凡是需要惩罚的地方，教师就没有权利不惩罚。在必须惩罚的情况下，惩罚不仅是一种权利，而且是一种义务。"学校教育不应该刻意回避惩罚，而应当把握好该如何惩罚。惩罚也是一种教育方式，对于违反规则的学生，教师要勇于并善于利用规则来惩罚。这种教育行为，除了达到教育学生改错的目的，还可以借机让学生在违反规则的真实情境中，体验到规则的价值和意义，并积极反思自己的违规行为，从而再深刻理解规则的重要性，促进其树立起必要的规则意识。

（五）教师应以身作则遵守规则

孔子说："其身正，不令而行，其身不正，虽令不从。"教师的职业特点，要求教师要更加注重以身作则，更加注重严格自律。教师要求学生做到的，自己必须首先做到。在规则意识的培育过程中，教师必须以身作则，坚持做遵守规则的模范。这一认识的基本原理在于，学校教育活动不只是单纯的书本教学活动，教师自身的行为、习惯、兴趣、态度、人格、品行、道德等也是一本鲜活的"教科书"。学生在接受教师的书本教学之时，也受教师人格的影响。在规则面前，如果教师自己不遵守，则意味着规则是可以破坏的，至少是有差别对待的。教师违反规则的行为则会演变为一种负面的教学示例，这不但有损教师自身形象，也不利于培育学生的规则意识。

（六）积极开展规则专题教育活动

规则作为现代学生必备的一种基本生活素养，已引起了教育界关注和重视，但针对培养这一素养的课程和教材，则尚未看到。课程是“一系列有组织的、有意识的学习结果”。现实中的规则课程其实是以一种更隐性和非典型的方式，暗藏在学校教育的各种活动之中。在这样的背景下，学校教育比较可行的操作方案，就是积极开展规则专题教育活动。规则专题的选择角度有很多，从内容上来说，有生活规则、学习规则、工作规则等；从内涵上来看，有道德规则、管理规则、法律规则等。除了注重规则专题的选取，还应注意加强专题主讲教师的专业培训以及规则资源的收集与整合。

（七）在学科教学中渗透规则意识的培育

基础教育领域，学科教学是知识教育的主要载体，人才培养也主要依托于学科教学来完成。学科是专业性较强的知识门类，由于人类知识的复杂性和关联性，学科同样具有较强的辐射性和延展性。培育规则意识，应当充分利用学科的这一特点，在学科教学中渗透规则意识的培育。比如在理科学科中，各种原理、定理的应用本身就具有很强的规则性，各种实验也要求在一定规则下操作。文科学科同样可以渗透规则意识的培育，很多历史叙事或阅读文本就谈到了有关各种规则故事或道理。总之，课堂是教学的主阵地，学科是课堂的存在方式。在学科教学中教师应该引导学生注重规则的制定、应用和遵守，培育学生的规则意识。这是规则意识培育的长久之道，也是一种长效机制。

用规则意识推动职称评审的公正公平

《中小学教师职称改革方案》颁布与实施以来，不少一线教师对职称改革的意义与措施持怀疑态度，也出现了不少反对的声音。有的教师认为，职称评审增加了教师额外的负担，影响了教师的专业发展积极性，使教师分心于教学，甚至与同事产生矛盾，影响团结，影响了学校和地区的教育战斗力。有的教师希望适度放宽课题研究的标准与要求，降低评审门槛。理性质疑的声音可以有效监督我们的工作，也可以确保职称评审的公正性与透明度。针对某些焦点问题，我们希望通过对话与交流的方式，审视职称评审的意义，分析出现的问题，以寻求最佳的解决方案。

一、价值：重新认识职称评审的意义

教育大计，教师为本。有好的教师，才有好的教育。《国家中长期教育改革和发展规划纲要（2010—2020年）》将“加强教师队伍建设”单列一章，并且提出“严格教师资质，提升教师素质，努力造就一支师德高尚、业务精湛、结构合理、充满活力的高素质专业化教师队伍”。1986年开始建立的以中小学教师职务聘任制为主要内容的中小学教师职称制度，对于调动广大中小学教师的积极性，提高中小学教师队伍整体素质，促进基础教育事业发展发挥了积极作用。

首先，职称评审的意义在于促进教师专业发展，促使教师不断提升业务水平。评审条件中的“育人工作、课程教学、教研科研、示范引领”4个指标分别涉及教师的育人能力、教学能力、教研能力、引领能力，是对教师素质与能力的全面考核。职称评审不仅为广大教师树立了职业发展、事业成功的目标，还能使教师获得专业成就感。

其次，职称评审为广大一线教师提供了专业之路。教师通过教书育人、专业发展、学术研究可以获得职业尊严，成就职业自信。当然，职称评审解决的不仅是职称问题，还可以帮助教师成为名师、学术带头人、特级教师等，这不也是一种事业成功、实现自我价值的渠道吗？

再次，职称评审其实是学校管理的有效措施与手段。为了提高教师的业务能力，学校层面采取了专题培训、邀请专家讲学等措施，而职称评审正是要引领甚至“强迫”教师进行专业发展，这对于学校管理者来说不是一件好事吗？理性的管理者，应该将职称评审有效地纳入学校管理体系中，并且进行价值观的引导，指导教师进行教学与研究，为教师发展提供平台与机遇。

二、规则：职称改革的制度保障

因为职称评审意义重大，牵涉方方面面，所以我们才更要坚持规则意识。中山市中小学教师职称评审是以人力资源社会保障部和教育部联合印发的《关于深化中小学教师职称制度改革的指导意见》，以及《广东省深化中小学教师职称制度改革实施方案》等文件为基础进行的具体落实工作。职称评审是大势所趋，我们要做的工作就是落实职称改革的精神，严格按照教育部、广东省相关文件的标准与要求进行职称评审，建立评审的规则意识。职称评审的核心精神就是认可、肯定那些真正有能力的教师。不符合职称评审条件的教师，只有按照要求不断完善自己，在专业上不断发展自己，真正提高水平，才能够评上相应的职称。假如我们今年通过了不符合标准的教师，等到来年那些真正符合标准的、真正有能力的教师反而没有评上职称，对于这些教师是不是不公平？这方面，云衢中学的做法值得称道。该校今年申报高级职称的老师有两位没有达到职称评审的标准，经全校教师投票表决，今年暂留两个名额不用，等来年出现了真正符合要求的老师再进行申报。这其实也是给了教师一线希望，鼓励、促进每位教师在教书育人、教学研究、示范引领等方面更加努力。

因此，当有教师提出希望教体局适当降低标准，做到“把枪口抬高一厘米”时，我们认为应该遵循规则，不能降低标准。这一点其实并不难理解。对于胎儿而言，满7个月就可以存活，不满7个月就不能存活，1天的差距可能就是生与死的区别；对于考试而言，标准分100分，60分可以及格，59分就是不及格，假如降低标准，59分可以及格，那么58分可不可以及格？以此类推，岂不是会出现混乱？高考录取时，假如北京大学今年的投档线是689分，那么688分的考生分数虽然也很高，但无法投档，1分之差就是能投档与不能投档的区别。假如688分可以投档，那么687分的考生可不可以投档？

当然，部分教师对不良局面的担忧并非多余。面对可能出现的情况，只有建立规则，遵循规则，才能确保公平公正，这也是职称改革的制度保障。当真正的规则意识建立起来之后，将有助于评出真正有水平、有能力的教师。西方有一句名言：“好的制度使坏人变成好人，坏的制度使好人变成坏人。”法国启蒙哲学家爱尔维修也曾经说：“造成各民族不幸的，并不是人们的卑劣、邪恶和不正，而是他们的法律不完善。”这些其实都是在呼唤“规则”。当今社会出现的很多问题与我们的规则意识匮乏有关。所以只有真正建立起人人遵循的规则，社会才会减少很多问题。职称评审也是如此，如果人人遵循规则，一切按照规则办事，又怎会出现不和谐的局面呢？

三、教研：职称难题的破解之道

根据最新的职称改革方案精神，教师的教研科研能力得到更大程度的重视。人力资源社会保障部、教育部联合印发的《关于深化中小学教师职称制度改革的指导意见》提出，高级教师要“具有指导与开展教育教学研究的能力，在课程改革、教学方法等方面取得显著的成果，在素质教育创新实践中取得比较突出的成绩”。有些教师恰恰是在课题研究、论文写作、编写教材等方面存在短板，影响了职称评审。

有些教师存在一种认识偏差，即认为教学与教研是完全对立的，只要搞教研，一定会影响教学。这个观点是经不起推敲的。教研，就是教育教学研究，是教师对自己的教学进行反思，在此基础上改进自己的教学，并且用文字表述出来，成为系统的经验。教研并不是脱离教学的“空中楼阁”，而是立足于课程、教材、课堂的教学研究。从这个意义上讲，教研对教学不但没有损害，反而有积极的促进作用。有些学校的领导认识不到这一点，没有有效引导教师的认识与行动，这是极其短视的行为。而且教研科研与教学业绩也不是对立的，教学业绩不仅仅是指教学成绩，课题研究成果、论文、教学比赛获奖等都是教学业绩。

还有人认为教师不具备科研能力，没有能力也没有时间做课题，这些想法或许只是一种借口。工厂里的工人不可能全都搞研发，但是具有研发精神的工人一定能够提高工作效率。而且中小学范围内的课题研究并不是高深的理论研究，而是基于教学的实践研究与行动研究。反思自己的教学，改进教学理念与方式，形成经验并且加以推广，进而起到示范引领的作用，这不就是课题研究的真正价值吗？

因此，对于广大教师来说，只有理性认识教学与教研的关系，关注自己的课堂教学，从课程与教学的意义上反思教学行为，抓住教学过程中出现的问题，进而展开调查研究，寻求解决问题的方法，才能提高自己的教学能力。同时教师要阅读与教学相关的著作，多写教学反思，这不仅能够有效促进教学，还为发表论文和课题研究打下坚实的基础。

总之，问题需要我们冷静分析，规则需要我们共同遵守，教师专业发展要依靠个人的自觉与主动。“打铁必须自身硬。”相信在规则与制度的保障下，教师努力提升自己的业务水平，全面加强自身素养，不仅可以评到相应的职称，更可以通过专业成就自我，实现人生价值。

关于新高考改革赋分调整的建议

2016年高考改革，比起过去的“3+文综（理综）”的模式来，确实有很大的变化。但在个别地方的高考试验中，出现了一些“乱象”，最严重的是选择考试科目演变成了“田忌赛马”式的博弈。考生选择考试科目未必都是根据自己的学科实力和兴趣爱好，而是避开学习难度较大的科目，以避免自己成为学科按等级赋分的“分母”。这就造成考生并不是处于一个公平的应考群体中的局面，也间接助长了一些学生和家长的精明算计心理与投机心理。更为严重的是，在这种趋势下，考生逃避物理学科的现象很严重，导致高校无法选拔出优秀的人才。针对这一现象，某省考试院出台保底6.5万人的政策，但这也只是在细节上的修修补补，或者说是在“补丁”上再打一个“补丁”。且不说保底政策有无法理依据，单是这6.5万的数字就有很大的水分，这对考生来说依然是不公平的。甚至，即使出台这样的政策，也无法真正确保公平。

出现这种情况，不能从人的素质层面找原因，趋利避害乃人之天性，考生和家长希望自己的利益最大化，这无可厚非。我认为还是要从制度上找原因，并且从制度上解决问题。按照某省的赋分等级方案，考生各科成绩按比例给等级赋分，起点赋分40分，满分100分，共分21个等级，每个等级分差为3分。这其实就为考生和家长“合理利用”规则寻求分数价值最大化提供了制度上的保障，也出现了成绩原本很不错的考生因基数差异导致分数的“性价比”不高的现象。

基于此，我尝试提出以下解决方案：

1.将思想政治、历史、地理、物理、化学、生物6门学科的学考人数当作分母，也就是参加高考的总人数为分母。

2.科目计分。选考考生按实际得分，未选择该科目或者缺考者按0分，一起排队后，重新按照标准分100~900赋分。

这种改进实质上是将保底方案的6.5万人扩大到所有参加高考的人数，其做法依据和积极意义表现在以下5个方面：

一是将教学与评价对应，教学内容对应考试内容，学生在校学习的科目理应作为考查内容，只是出于减轻考生负担，才赋予选择考试科目的权利。考生之所以不选某个学科，主要是因为这个科目是他的弱项。

二是可以有效消除考生和家长的博弈心理，更不会用恶意竞争的手段人为地改变“分母”，从而营造风清气正的考试生态。所有参加考试的考生，不论是学考还是高考，都是“分母”，同一学生群体排名赋分更有可比性，更有利于实现教育公平。

三是有利于学生依据自己的特长和爱好选择考试科目，将个人命运掌握在自己手中。这会使得考试制度和考试环境更公平，学生的选择才会是“走心”的，而非仅为“搏利”。

四是将考生总人数作为分母，理论上每一学科的选考人数会趋于稳定，接近50%。这样各地区、各学校选考会基本稳定，可以避免教师队伍结构性缺编或者结构性超编，有利于学校优化师资和教育资源的配置。

五是对选择难度较大、选考人数较少的学科的考生起到较好的保护作用，有利于高校选拔人才。如果仅将选考该学科的人数作为分母，对一些难度大、选择人数少的学科，势必会出现优秀学生排名靠后、赋分等级低的现象。而按照上述改进意见，选择学习难度大、选择人数少的学科的考生，排名会靠前，选择人数越少越会取得好的等级赋分，从而避免出现埋没人才的现象。

总之，制度缺陷应该靠完善制度来弥补，而不是“头痛医头脚痛医脚”。

后　记

这本书即将付梓的时候，我感觉似乎有一些话还没说完。

参加工作后的第一堂课，教了什么内容我早已不记得了。我只知道当时非常紧张，格外重视，看了好多遍教材和教学参考书，晚上逐字逐句地把第二天上课的每一句话写下来，并且熟练背诵。第二天我顺利地把课上完，自我感觉挺好。后来的每一节课，尽管仍会阅读大量的文字材料，花大量的时间思考教学内容与方式，但再也没写过“逐字稿”了。

工作一段时间以后，我总是琢磨这样的问题：学生为什么要学物理？学生学习物理能够受益终身的是什么？现在回想起来觉得有点好笑。自己确实已经上了好几年的物理课了，还说自己在教书育人，却连物理课程的价值都没想明白。

又过去一段时间，当自己以为想明白学生为什么要学物理以后，我又琢磨：我为什么要思考学生为什么要学物理？当我明白我其实是在思考作为一名物理教师的自我价值时，我已经成了物理教研员。

就这样又过了很长一段时间，我又开始琢磨：我为什么思考我为什么思考学生为什么学物理？一直到我开始写这本书才悟到，我恐怕是在用这本书回答这3个“为什么”。

我们每一个人都是人类发展中的一个环节，都是自己家庭生生不息、不断繁衍的重要部分。对人类文明的继承与发展，都有自己的历史使命与责任担当。尽管还有很多问题没想明白，但我尽力了。

对上面3个“为什么”的思考，到目前为止，我似乎只弄懂了第一个：对教师而言，教会学生解决陌生问题；对学生而言，学会解决陌生问题。因此在我眼里所有问题都可以是物理问题，都可以当成物理问题来解决。

近几年我把吃炒花生的习惯戒掉了。有人好奇地问我为什么。我说我这个人有个不怎么好的毛病：对喜欢的不节制，对不喜欢的不包容。尤其是在吃东西上，自己一身的肥肉都是吃出来的。年纪大了要改，对喜欢的要节制，对不喜欢的要包容。为了表示决心，就从戒最爱吃的炒花生开始。

我很喜欢莎士比亚的戏剧《暴风雨》的开头：“凡是过往，

皆为序章。爱所有人，信任少数人，不负任何人。我荒废了时间，时间便把我荒废了。”世界很大，个人很渺小。人生的幅度有限，遇见的人也有限。佛是否说过“上辈子500次回眸才换来今生的一次擦肩而过”，我不得而知。若无因果，只能说自己运气太好。我高中毕业前一年恢复高考，从而能幸运地考上大学，毕业后还被分配到重点中学。从衡阳来到中山纪念中学，再来到中山市教研室，我遇见了一批优秀的领导和同事。

我在刚参加工作的衡阳县六中遇见了一位作家校长——李少友（笔名李昂）。李校长写了一本主人公名叫邓光中的小说《太阳从这里升起》。他能说、能写、能干，在专业发展上引领我们这些年轻人，以至于多年后在衡阳市普通高中出现一个“衡阳县六中现象”：一批市区重点高中的校级领导和骨干教师都来自衡阳县六中。1990年他在研读《易经》，使得学校一批年轻人也去读《易经》。

我的第一篇教学论文就是他帮忙修改的。那时他给了我这样一个年轻人很多包容。多年以后回想起这些，我依然感动。若领导不想干事创业，也不为下属干事创业搭建平台，不给你支点，你纵有天大本事，也无法撬动那个“球”。我的总结是：领导若是地板，对下属来说就是平台；领导若是天花板，对下属就是牢笼。

来到中山纪念中学，我幸运地遇见了全国知名的“忧民哥”

贺优琳校长。他的见识和胆识把中山纪念中学带到了今天的高度，我也有幸为纪中的腾飞做了一些微薄的贡献。特别是他任校长时提出的纪中校训——“祖国高于一切，才华贡献人类”，成为多少纪中学生一生的追求。一个学校的文化，也许只是一个简单口号或一个哲学观点，却会影响人一辈子。记得我遇见福建三明一中的校友时，他们对学校的校训“求真”二字念念不忘，尽管这个校训可能是全国最短的校训。而我自己，至今仍还记得湖南师院的大操场围墙上的标语——“为祖国健康工作五十年”，后来才知道那是清华大学蒋南翔校长提出来的。这句话对我的影响就是“争取60岁以后不退休”。

再后来我来到了中山市教研室，这是一个积极向上充满活力的教育教学研究机构。在这里，我遇到了一大批专业素养一流、能力强、态度好的读书人。在这个群体里，我们互相学习，和中山教育界其他同仁一起，创造了中山教育辉煌的业绩。

我写这本书，首先要感谢张良培同学为这本书写序，他在学术上的成就是我们1978级物理系同学津津乐道的骄傲，同时要感谢古俊钦等我们宿舍的同学以及1978级物理系的同学。4年的大学生活，你们的人生哲学、处世态度、人生修为、专业素养影响着我，有些甚至成为我的人生准则。我还要感谢我在中山教研室的搭档段菁华以及609办公室的同事张华、楼卫琴、方勇等，是他们一再“激将”，才使我有勇气动笔。为了敦促我写稿，他们几个还进行了分工，搭框架、催进度、写序言和推荐语。文字方面则要感谢郭跃辉、楼卫琴、黄碧文，他们帮我进行文字把关和润色。我还要特别感谢张楚廷校长、马卫平学长、布正明老师、黄世勇主任、吴锐权老师、王锡文校长，还有原来的同事朱小青、方铁民等，他们都为我写这本书提供了强大的精神动力。

最后，我要感谢我的家人，因为有了写书的“掩护”，我少干了不少家务活。同时还要感谢广西师范大学出版社的谢慧和编辑们，是他们的努力让本书得以顺利出版。

点点滴滴都化作文字，希望这些话能带给家人和朋友们些许快乐。

晋中，于中山，2023年春